Les Piafs de la Rue
Open Cac'

*Parce que nous cohabitons avec le monde
du CAC 40 un peu comme les oiseaux
cohabitent avec le monde des Hommes*

Atelier d'écriture 2024

Les Piafs de la Rue Open Cac'

ses autrices & ses auteurs

Nouvelles

© 2025 Les Piafs de la Rue Open Cac'
Édition : BoD · Books on Demand, 31 avenue Saint-Rémy,
57600 Forbach, bod@bod.fr
Impression : Libri Plureos GmbH, Friedensallee 273,
22763 Hamburg (Allemagne)
ISBN : 978-2-3225-5359-4
Dépôt légal : Février 2025

Joindre les autrices & les auteurs : lespiafsdelarueopencac@gmail.com

Sommaire

La Femme aux chats 9
Chantal Niau

Mariko 25
Philippe Nigou

Maman est morte 51
Félipé Caceres Munoz S.

Le Bonheur d'être soi 69
Sandrine Mohr & Félipé Caceres Munoz S.

Elle et Louis 79
Séréna Lisowski & Félipé Caceres Munoz S.

La Bête humaine 115
Philippe Nigou

La Nouvelle d'Aix 125
Christine Chaillou

Dans ces marais salants et ces étendues sauvages, la solitude se respire. Le doute y est comme le vent, invisible mais toujours présent, effaçant les traces des vivants, annonçant leur disparition.

Colette

La Femme aux chats

De Chantal NIAU

[1]

Aujourd'hui je pars en retraite.

Trente ans d'ennuis, d'affrontements, je pars en retraite.

Quelques satisfactions ? À quel prix ! Que de concessions... Je pars en retraite.

Il était temps, j'allais crever de détestation, d'angoisses, de toutes sortes de peurs et même de dégoût.

J'ai enseigné, au même collège, les arts plastiques, trois décennies durant, à des élèves récalcitrants en quête d'existence : turbulents et râleurs certes, mais spontanés ; insolents, et malins aussi. Irrévérencieux ? Hélas. En colère, de sur-croît. Notre relation était chaotique, évidemment, mais pas seulement, car elle pouvait être belle et forte. Ce n'était pas eux le problème en définitive. Mais tout ça, c'est fini. Voici venue, enfin, une solitude totale. Sans les autres. Pleine de musique. Une solitude parfaite, bienfaisante, choisie, avec pour seule compagnie mes six chats.

Il y a Arthur, le hargneux, souvent méchant, majestueux certes, mais aussi un sale voleur de croquettes des autres ; il fait régner la terreur, prend les meilleures places, les plus moelleuses, les plus chaudes. C'est celui qui ronronne le moins, qui feule le plus. Il terrifie la petite Mia, celle que j'ai recueillie pleine de puces et d'eczéma. Elle est craintive, comme moi, se cache dès qu'elle peut, comme moi. Et puis il y a le noir, les deux blancs et le gros roux. Je les aime. Plus que les humains. Je leur parle, ils me répondent. Ils me massent de leurs pattes, sauf Arthur, et me chauffent de leur corps, sauf Arthur.

J'aime les voir jouer. Lui sur la table de la cuisine, elle sur le radiateur, un autre dans mon lit. Notre compréhension est réciproque, instinctive, parfaite et absolue. Viscérale.

*

J'habite dans une grande ville d'art et d'histoire, culturellement passionnante, dotée d'une multitude de monuments magnifiques, de parcs et de jardins ; riche de ses populations diverses. Connaître son potentiel me suffit, car je peux me dire que, si j'en ai besoin, un jour, ou un soir, peu importe, alors j'en jouirai. Et ce sera quand moi je le déciderai. En attendant toutes sortes de mauvaises raisons me poussent à rester chez moi avec mes compagnons.

Je possède depuis toujours une maison de ville, avec un jardin à l'arrière, commun à d'autres petites maisons. Mes chats, fut un temps, y baguenaudaient, reniflaient quelques brins d'herbe et saccageaient quelques fleurs. Jusqu'à ce que les voisins ne les supportent plus et leur donnent des coups. Leurs miaulements, de plus en plus répétés, de plus en plus forts, me fendaient le cœur, alors je décidai d'en faire des chats d'intérieur. Nous nous en portons mieux et sommes plus épanouis ainsi.

*

J'ai une fille, Sophie, quarante ans. Je l'aime. Quant à elle, parfois elle me déteste, parfois elle m'adore. Les mots ne sont pas trop forts. J'ai été, comme beaucoup de mères, aimante, à l'écoute, acceptant ses caprices, riant à ses pitreries d'enfant. Souvent, notre osmose était parfaite : je ne tolérais personne entre nous, ni même avec nous. Éducation détestable, cela va de soi, fabriquant une femme égoïste, introvertie, coléreuse et à pulsions sociopathes. Sans doute ne partagerait-elle pas cette analyse si elle m'entendait, mais elle serait d'accord pour dire que notre relation est fusionnelle en même temps que complexe et qu'elle tergiverse entre amour et désamour. D'ailleurs, nous sommes actuellement en froid ; elle boude, me tient à distance. Qui fera le premier pas ? Éternelle petite guerre, je ne l'ai pas vue, pas lue, pas entendue depuis 15 jours. Grand bien lui fasse ! Ça me débarrasse.

***

[2]

Il faut que vous compreniez comment et pourquoi, moi, petite fille potelée, un peu ronde - toute ma croissance durant - devenue une femme sexy, taille serrée, seins opulents, de grands yeux bleus, j'en suis arrivée à considérer l'anthropomorphisme comme une vérité absolue. Issue d'une famille stricte, sévère, rigide, sans amour (ni affection), je fus, diraient les psys, une « victime de négligence ». Nous étions cinq enfants, mais moi, j'étais grosse. Différence de poids, différence de traitement. Bref, mon père, haut fonctionnaire, muté tous les deux ans, nous contraignait à l'instabilité, l'insécurité. Nous ne pouvions construire de relations durables. Juste nous adapter, sans cesse, à une nouvelle ville, un nouveau logement (de fonction), une nouvelle école. Seules les railleries à mon égard ne changeaient jamais. Pour le reste, nous vivions en vase clos, survivions du mieux possible. Pas de famille : ni oncle, ni tante, ni cousin. Le père y trouvait son compte. Tout était interdit, vulgaire, inadéquat, nous étions tous coupables, punis en permanence. Comme si ça ne suffisait pas, mes frères se défoulaient sur moi. Mes gènes étaient certes responsables de ma timidité maladive, mais c'est mon éducation qui fit le reste. J'étais, selon ma mère, « grosse, moche et responsable de cet état ». Une colère brûlante, permanente, me consumait ; je la retenais, gardais tout en moi. Les rares périodes heureuses – ou s'en approchant – furent hors de la maison, lorsque par exemple je fus envoyée en maison de repos, à l'âge de dix ans, pour une maladie des poumons. Cela dura neuf mois. Là, je fis une rencontre déterminante : Mathurin. Un chat. Une rencontre qui changea, à bien des niveaux, ma perception de la vie.

Mathurin était là pour tous les enfants, mais sa préférence à mon égard fut immédiate. Ce fut ma première découverte d'amour. De la douceur, des câlins, du jeu, et de la communication silencieuse. Je pouvais tout lui dire, et j'avais l'impression qu'il pouvait tout entendre et comprendre. Je pris conscience alors que l'affection, la tendresse, l'amour n'étaient pas que des mots : grosse, je pouvais être aimée... d'un chat, certes, mais, je pouvais être aimée.

***

[3]

Ce matin je me réveille avec le jour, sans regarder mon réveil, sans culpabiliser. Je présume qu'il est tard. Enfin libre, disponible.

Mes chats ronronnent de plaisir et, pour une fois, je ne les déloge pas de mon lit. D'ailleurs, cela n'arrivera plus. Ils le savent, ils l'ont compris. La preuve : leur démarche est plus lente, plus gracieuse, leur souplesse est accentuée, et leurs miaulements plus harmonieux – on dirait des roucoulements. Tout cela confirme notre symbiose. Leur clairvoyance me transcende. Je deviens euphorique et comprends que tout ce dont j'ai rêvé jusqu'alors est soudainement possible ; il m'appartient de vivre en totale adéquation avec moi-même. Ceci, en commençant par rénover ma maison, comme je vais rénover ma vie et celle de mes adorés.

Rien ne me fait peur. De plus – vivant seule depuis longtemps – je me sens une bricoleuse de génie. Je vais commencer par le plafond du salon, puis les murs, refaire les chambres et bien sûr, tout réaménager pour les chats : un coin pour les litières, un autre pour les gamelles, leur mettre des arbres à chat, des planches à gratter, partout, augmenter leurs espaces en tenant compte de l'individualité et de la personnalité de chacun... Par exemple, je dois faire des caches pour Mia la peureuse. Et surtout, les chats d'intérieur doivent pouvoir observer tout ce qui se passe à l'extérieur, aussi augmenterai-je mes rebords de fenêtres.

Demain je commence. Pour l'heure, nous nous autorisons à paresser, à nous caresser. Nous discutons et nous nous disputons. Nous jouons et nous écoutons les fugues de Bach. J'en pleurerais.

*

Nous y voilà, il est 8 heures : premier jour de ma vraie vie. De NOTRE vie.

J'allume le poste radio, prépare l'escabeau, accroche sur la dernière marche le pot de peinture, sélectionne pinceaux et rouleaux, enfile des gants en latex et annonce aux chats que tout commence.

Ils acquiescent, miaulent, tendent le dos, lèvent la queue.

*

Pourquoi suis-je polluée par la pensée de Mme Dumas, croisée hier ? Vieille femme désagréable, curieuse, propagatrice de rumeurs. Chaque fois elle demande : « Alors, vos chats, on ne les voit plus ? Ils ne sont plus là ? » J't'en pose des questions ! Je les garde de tout danger, dont vos coups de pied. Mais poliment, je lui réponds : « Tout va bien, tout va bien. »

Elle m'a perturbée, mais n'y pensons plus. Un peu de Wagner va nous stimuler : la Walkyrie sera parfaite.

* * *

[4]

Une sous-couche sur le plafond est nécessaire.

Juchée sur la plus haute marche, d'une main je me cramponne à la barre et, de l'autre, je peins. Je suis limite, un rien trop petite ; alors, je veille à garder l'équilibre.

Plus bas, mes loulous se divertissent, chacun sa méthode. Celle d'Arthur est de chasser Mia, lui faire peur. Il s'embusque, puis jaillit sur elle, en feulant.

« D'accord, me dis-je, il faut bien qu'elle apprenne à se défendre. »

Les autres passent et repassent sous les pieds de l'escabeau, flairent la peinture dans le seau, frottent leurs pattes contre le papier de verre...

Après 3 heures de travail, je fatigue et m'allonge sur le canapé.

Mia est venue se réfugier contre mon ventre. L'une câline l'autre. Nous nous réconfortons. Je me dis alors que je devrais tout de même être attentive à sa peur et empêcher le gros de jouer les machos avec elle.

Je sens que je m'endors doucement et me laisse aller au sommeil.

La faim sans doute me réveille. Un bout de fromage, une compote, font l'affaire. Je dois me remettre au travail. Le travail c'est la santé, le travail c'est laisser libre cours aux pensées...

Je m'évade vers un avenir serein, je vais vieillir doucement, prendre soin de mes amours, qui me quitteront un jour, les uns après les autres. Ils me quitteront. Je ne les remplacerai pas. Car mes forces faibliront. D'ailleurs, j'éviterai au maximum tout contact avec la race humaine. À ce propos, ma fille est-elle toujours fâchée ? Je ferais peut-être bien de faire un effort. Lui téléphoner, communiquer, partager mon nouveau bien-être. Rien qu'avec elle. Lui dire que, pour cette fois, je la pardonne. Je ne suis plus agacée. Et je l'aime. Beaucoup. Malgré nos divergences, nos colères et nos impatiences.

Bon ! Allez, je lui téléphonerai plus tard. Tout ça, elle doit s'en douter, de toute façon.

Je change le rouleau et la peinture. Du haut de mon escabeau, je commence à étaler le blanc éclatant, qui va éclairer toute la pièce. En gardant un œil sur Arthur, qui observe les allées et venues de ses congénères. Particulièrement, celles de sa souffre-douleur. À plusieurs reprises je dois le gronder, forcer la voix, taper du pied. J'ai failli perdre mon seau ! Il faut que je fasse plus attention. Je suis en permanent déséquilibre. Mais voyant Arthur, Mia entre ses pattes (pour mieux la griffer), je décide de quitter mon donjon, manque une marche puis me sens dériver. Pas le temps de me retenir, j'atterris contre la table basse cerclée de fer et ressens une immense douleur à la nuque. Corps au sol. Quasi inconsciente. Incapable de bouger.

* * *

[5]

La vie continue. Et l'on vient de temps en temps respirer ou lécher mon visage. Et l'on s'étonne de ne pas me voir réagir. Par des léchages plus intempestifs, des miaulements plus plaintifs, l'un et l'autre tentent de me sortir de mon apathie.

Le temps passe.

Les assiettes de croquettes se vident. L'eau des gamelles se raréfie. Va-t-il faire jour ? Va-t-il faire nuit ?

On sent la mort venir, NOTRE mort, par un sens animal particulièrement développé : l'instinct.

Arthur se poste devant la fenêtre donnant sur la rue. Ainsi, il communique avec les autres, qui s'amènent et se campent de même.

On a maintenant six têtes de chats qui miaulent, rugissent, sifflent, crachent sur les vitres ; du triple vitrage, hélas. Les griffes s'y mettent. Mais rien ne retient l'attention dehors. Sauf peut-être celle de Madame Dumas ? Ce ne serait pas de bol. Quelle poisse ! Car ce n'est pas elle qui va s'intéresser à ce qui se passe, ce n'est pas elle qui va repérer leur panique. Derrière la fenêtre, tous les chats sont gris. De jour comme de nuit. Tout le monde s'en fout. Surtout Madame Dumas.

Les heures passent. Un jour passe. Bientôt un deuxième. Probablement un troisième et, la faim, de plus en plus tenace, douloureuse. On vérifie l'état de la « mère ». Mia s'approche lentement, ne craignant plus rien ni personne, se couche sur mon ventre et ronronne juste pour me réveiller. Puis, constatant une auréole rouge sous ma tête, lèche cette flaque. Le roux me griffe une main, un autre saute au-dessus de moi, revient, fait des allers et retours sur toute ma longueur, feule, claque des dents et, de colère ou de frustration, me mord le mollet.

On a faim, très faim. On renverse les gamelles vides, on lèche les tuyaux à notre portée et on mordille avec fureur tout ce qui pourrait être comestible ! Et cette tension, qui monte.

L'un crache, c'est Arthur. Et gémit pathétiquement. Il file des coups de patte ici et là, essaie de rétablir l'ordre, comme s'il voulait encore regrouper la meute affamée devant la fenêtre. On ne croit plus à son stratagème. Pourtant quelqu'un sonne, tourne une clef dans la serrure. La porte s'ouvre. L'air s'engouffre dans la maison.

Sophie ! C'est Sophie ! Sophie a lâché prise et elle est venue.

L'odeur nauséabonde semble lui prendre la gorge. Des insectes, encore vivants, donnant l'illusion d'être joyeux, lui volent dessus, et des puces, par centaines, sautent sur ses mollets blancs. Elle les lève haut, pas seulement à cause des parasites, mais surtout pour enjamber les excréments jonchant le plancher, entre les petits meubles renversés et les bêtes amaigries venues l'assaillir de miaulements atroces, comme pour lui reprocher de n'être pas arrivée plus tôt. Pauvre Sophie, elle comprend avec épouvante que c'est Maman, c'est moi, qui gis là, sur le parquet du salon. Le long de mes jambes, elle voit les morsures et les griffures. Profondes.

Sophie s'enfuit.

On la suit. Enfin, surtout eux, mes adorés.

Et le lendemain, tout le quartier pourra entendre jaser autour du drame de la solitude : une femme de 63 ans, vivant recluse chez elle, serait tombée d'un escabeau en s'attelant à des travaux de rénovation. Incapable d'alerter quiconque, elle aurait agonisé plusieurs jours avant de mourir, servant de nourriture à des bêtes affamées...

— Oui, mais c'étaient des chats d'intérieur.

* * *

Mariko

De Philippe NIGOU

[1]

Le Gyotaku est un art japonais qui consiste à reproduire des empreintes de poisson avec de l'encre de chine. Noire, la plupart du temps. Mariko le pratique. Elle est artiste. Sa mère est japonaise. Quant à son père, ancien soldat américain, elle l'a peu connu. Un jour il a quitté la base de son village. Il est parti avec son régiment. Ensuite, Mariko et sa mère ont attendu longtemps une lettre qui n'est jamais arrivée. Comme si ça ne suffisait pas, les autres enfants se moquaient d'elle, à cause de sa peau pâle. À l'époque, on appelait les étrangers « les Diables ». D'ailleurs, c'est un peu pour ça qu'elle s'est réfugiée dans son art. Petit à petit, elle est devenue une vraie artiste. Aujourd'hui, la dorade royale, le poulpe, le sébaste, le crabe caillou et le maquereau à l'œil vif n'ont plus de secrets pour elle. Renommée, reconnaissance... Pas de quoi en faire un objectif de vie. Pas de quoi trouver la paix. Le monde n'est que violence.

*

C'est à Paris, lors d'une exposition Internationale, qu'elle a rencontré Anne. Elle lui a dit : « C'est beau ce que tu fais. On dirait une nature encore vivante ». Mariko lui a répondu par un aveu : l'impression d'avoir fait le tour de son sujet.

« Je commence à manquer d'imagination... Je ne vois plus que des bêtes mortes ». De surcroît, tout ce monde autour d'elle l'angoissait. Et elle ne parvenait plus à trouver un peu de cette paix qu'elle avait savourée autrefois, en créant.

Le lendemain matin, alors que la lumière se répandait dans la chambre, que la rumeur des camions et des livraisons montait de la rue, Anne lui a demandé pourquoi elle ne voulait pas rester. Puis, mesurant la gravité de la situation, elle lui a parlé d'un endroit où elle s'était elle-même reposée autrefois, près de la mer : « Un village qui vit au rythme de l'eau et où tu pourras te retrouver. Je te le promets. »

***

[2]

Le bus s'arrêta près de l'ancienne halle. Mariko descendit la rue. Les boutiques étaient fermées, même celles des créateurs. Seuls quelques chats traînaient, la regardant d'un œil torve, avant de disparaître dans les jardinets. Elle trouva la maisonnette. Dans la cour, une cabane en bois s'accoudait au mur. Et une eau verte et marron coulait mollement près du ponton. Quelques oiseaux s'envolèrent, presque en silence. C'était la morte-saison. La marée était basse.

Elle ouvrit la porte, la maison était restée dans son jus, les murs chaulés d'un blanc plus vraiment blanc ; néanmoins tout était relativement propre. Le plancher grinçait un peu quand elle marchait dessus. À mesure qu'elle ouvrait les volets, Mariko découvrait chaque pièce. C'était clair. Au loin, elle distinguait des marais et des eaux, qui serpentaient et se noyaient. Quelques arbres, par-dessus les cabanes, étaient le seul relief de ce paysage paisible. En ouvrant une porte au rez-de-chaussée, elle pénétra dans la cabane de l'ostréiculteur : une pièce tout en bois qui sentait encore la mer et les coquillages. Tout de suite, elle sut que c'était là qu'elle installerait son atelier ; malgré les vitres sales, la peinture écaillée. C'était là, où la solitude lui semblait la plus accueillante.

Elle vérifia la connexion sur son portable, inexistante, puis se dit que ce n'était pas plus mal d'être à l'écart d'un monde qui se déchirait. Elle recherchait la solitude, au milieu de rien, à l'abri de tout. Même de la troisième guerre mondiale. Au mot guerre, la pensée furtive d'un GI la traversa. Son père.

Elle rangea ses bagages et écouta son estomac. Elle avait repéré un petit magasin à l'entrée du village ; le moment était venu de s'y rendre. Pas de vélos Uber-Eats ici, il fallait improviser avec les moyens du bord.

En pénétrant dans la supérette, elle comprit que le choix serait limité. Néanmoins, quelques légumes lui parurent sympathiques et à sa grande surprise elle trouva aussi des épices, du curry, de la sauce tandoori, une soupe miso et même des Ramen, ces pâtes japonaises dont elle raffolait. Un peu de café, du beurre, un pain de campagne et le tour était joué. Finalement, elle trouvait ce qu'elle voulait. En se dirigeant vers la caisse, elle nota que le marchand avait un air indien. Celui-ci enregistra ses articles en la regardant bizarrement. Peut-être se demandait-il ce qu'une Japonaise pouvait bien faire là. Un gamin brun à vélo déboula dans la boutique, comme un bolide. Son père l'engueula. Mais tout ce qui l'intéressait, c'était cette nouvelle, avec sa tête d'un autre monde : « Eh ! Toi ! Tu serais pas un peu chinetoque ? » Gêné, l'épicier parla à son tour, « S'il te plaît, excusez-le, pas normal, désolé ». Mariko le rassura : « Non, non, ce n'est rien ». Mais à la vérité, elle se sentit un peu confuse et choquée.

Elle rentra et se prépara à manger, perdue dans ses pensées et le regard tourné vers cette fenêtre qu'elle avait astiquée pour mieux voir le paysage. Fatiguée de son voyage, Mariko parvint à se détendre ; et tombant sur le grand lit, elle se demanda ce qui l'attendrait le jour suivant. Avant de s'endormir.

* * *

[3]

Le matin était silencieux. C'était parfait. Mariko avait dormi bien plus qu'un somme.

Elle prit son café en se demandant si la marée montait ou descendait, et ça : c'était bien une question nouvelle.

Plus tard, en marchant le long du chenal jusqu'au bord de la Seudre, elle aperçut des types manœuvrer des engins, puis partir vers les parcs à huîtres sur de lourds chalands que poussaient d'énormes moteurs hors-bords. Nul doute, la marée montait. Le ciel était clair, quelques nuages couraient au-dessus du fleuve ; tout était calme, si ce n'est les hommes qui travaillaient là.

Un type la regarda et lui demanda si elle cherchait quelque chose.

— Non, pas vraiment, répondit-elle, je regarde c'est tout.

— Ah d'accord. Vous êtes nouvelle dans le coin, c'est ça ?

— Oui, je suis venu passer quelques jours de vacances.

Elle espéra qu'il en reste là : toujours cette gêne, collante, même ici. Mais elle se leurra, et l'autre continua :

— OK, écoutez, si jamais vous voulez des huîtres vous me dites et je vous en prépare une douzaine.

Prise de court, elle demeura silencieuse. Aucun mot ne venait. Si elle disait oui, ça ne finirait jamais, si elle disait non, elle passerait pour une coincée.

— Regardez, enchaîna le gaillard, mon numéro de téléphone est marqué sur le bâtiment (geste).

En effet, peint sur le bâtiment en question, l'on pouvait lire en grandes lettres :

Joël BAUDOIN
Huîtres Gros et Détail

Suivi d'un numéro de téléphone.

« D'accord, d'accord », bafouilla Mariko. Il était sympa, bel homme ; mais bon, elle n'était pas là pour ça, se reprit-elle.

*

Mariko ne s'était pas sentie aussi bien depuis longtemps. Tranquille. L'esprit dérivant dans la douceur du paysage, au gré des cris des oiseaux, et de l'eau qui frisottait sous les risées. Face à cette solitude, elle revint à son désir de création : comment s'était-il éteint, depuis quand et pourquoi ? Elle comprit qu'il lui fallait creuser ; quand bien même maîtrisait-elle les subtilités du Giyotaku. Ici, elle pourrait trouver la réponse. Un nouvel élan. La marée monte, la marée descend, les ostréiculteurs passent, quelques plaisanciers viennent récupérer leurs bateaux salis par la vase. La vie s'écoule comme nulle part ailleurs.

De retour à la cabane, elle sortit sa mallette en aluminium où se trouvaient ses peintures, ses encres et ses pinceaux. Du petit matériel qu'elle installa sur la grande table, sans avoir forcément envie de peindre. Elle souhaitait juste se préparer dans le silence. Sans bruit.

Un gamin passa à vélo, elle le reconnut, le fils de l'épicier ! Il lui fit signe de la main, en se retournant ; un sourire malicieux avait appuyé son air chafouin. Mariko lui rendit son sourire. Drôle de gamin, pensa-t-elle en se rappelant sa réflexion : elle n'était pas du tout chinetoque ! Au fond d'elle-même, elle sentit encore ce vide du père absent. Ce n'est pas facile d'oublier quelqu'un après l'avoir idéalisé. Même lorsqu'il vous a lui même oubliée.

Elle rentra chez elle.

Puis, ressortit sur le pas-de-porte, fumer une clope. En ce lieu, au moins, personne ne lui ferait la remarque que fumer est devenu has been. Elle entendit un gros moteur arriver, ça pétaradait. Le quad pila devant elle. Elle reconnut Joël. Par-dessus le bruit infernal des cylindres, il lui demanda :

— Alors, ça va ! Comment ça se passe ? Vous allez rester longtemps ? Quand est-ce que vous voulez manger des huîtres ? J'ai pas reçu votre appel !

Craignant de trop réfléchir autant que de voir surgir d'autres questions, elle s'empressa de répondre sans trop savoir ce qui sortirait de sa bouche :

— Je ne sais pas, je ne connais pas les huîtres d'ici. Au Japon, je mangeais les huîtres de Miyajima, les meilleures du monde.

— Rien que ça, répondit Joël amusé. Sauf qu'ici, les meilleures, ce sont les nôtres, les Marennes Oléron. Mais vous inquiétez pas, je vous crois. Allez, je vous invite à ma cabane ce week-end. On se fera une petite douzaine avec une bouteille de blanc.

Mariko accepta d'un signe de tête incontrôlé.

* * *

[4]

Tout le début d'après-midi, Mariko avait dormi. Poussée par une envie de rien, elle s'était posée sur ce lit, qu'elle trouvait propre, entre ces murs, qu'elle voyait blancs. De petits comprimés l'avaient aidée à se laisser prendre par le silence. Juste un bruit de vent et, de temps en temps, celui d'un moteur. Elle oublia la vie qui l'entourait, et dans cet ermitage marin qu'elle avait choisi pour décrocher le passé du mur, elle se demanda comment esquiver toutes ces questions qui l'emprisonnaient, comment ajourner la torture qui lui empoisonnait l'âme.

Tout à coup, elle entendit une voix dans la rue. Ça insistait. C'était Assan, l'épicier. Il lui demanda si elle avait vu Mani, son fils.

— Non, je ne l'ai pas vu, répondit-elle depuis la fenêtre.

— Ah bon ? Il m'a dit lui passer vous voir et depuis, disparu.

— Ce n'est pas bien grand ici, vous allez vite le retrouver...

— Oui, mais vous savoir, Mani, pas comme les autres.

Réveillée pour réveillée, Mariko enfila un gilet et rejoignit l'éploré parent : « Bon, je vais le chercher avec vous. Je prends cette route ». Ils échangèrent leur numéro et chacun partit de son côté.

La petite route serpentait dans les marais. Au bout de quelques kilomètres, toujours aucune trace de Mani. Elle se retourna au bruit d'un moteur : c'était Joël, sur un quad, lui aussi à la recherche du jeune. « Tu l'as vu ? Non. Monte ! ». Ils empruntèrent des chemins marécageux à travers les parcs à huîtres au bord de la Seudre. Près des claires, elle sentit dans les cahots son corps se coller à celui de son chauffeur. Elle n'y pouvait rien et, c'était cool. Le téléphone sonna. C'était Assan, et il était rassuré : « J'ai retrouvé ce idiot vers les bateaux, autre côté chenal ». Tout rentrait dans l'ordre. Joël ramena sa passagère à la cabane. Était-ce du tact (ou de la gêne), il lui lança : « Je vous laisse. Et n'oubliez pas mon invitation... » Elle, aurait aimé qu'il reste un peu. Alors, elle se rabâcha qu'elle n'était vraiment pas venue ici pour ça.

**

[5]

Plusieurs semaines passèrent. Dans ce village quasi immobile et rythmé par le passage des barques ostréicoles, Mariko bâtissait des habitudes qui renforçaient l'ambiguïté de sa simple présence. Car elle gardait l'impression de vivre un exil. À un détail prés : rien ne l'y obligeait. Les coups de vents hivernaux, les dépressions aux noms originaux, la pluie ou les averses, et le soleil aussi : tout était différent, énergisant. Elle se sentit à sa place et cultiva, visite après visite, son enracinement social à la supérette d'Assan, où elle prenait soin de se rendre en fin d'après-midi, sûre que Mani serait là, rentré de l'école. Sûre qu'elle le reverrait s'approcher d'elle, et qu'il lui sourirait.

Il y avait aussi les apéros salins, chez Joël. Une bonne partie du village s'y retrouvait, et les occasions ne manquaient pas. Elle y rencontra Julia, qui tenait un magasin de décorations marines. Et puis aussi Nico, le petit ami de Julia. Ou encore Maud, qui préparait l'ouverture d'une librairie de livres d'occasions où se trouveraient toutes sortes d'auteurs, le genre éloigné des comptoirs de gares ou des gondoles de supermarchés. Parfois, elle restait tard sur la terrasse de la cabane, chez Joël. Mani aussi était là. Il lui arrivait de s'endormir sur ses genoux, tandis qu'elle se laissait aller à des rêveries traversées de flashs, d'images et de visages :

ses enfants. Lorsqu'il ne restait ni huître ni saucisse, plus une seule goutte de blanc charentais, que les ventres étaient pleins, et que Joël parlait des parcs qu'il devait rejoindre, même à cinq heures du matin (marée oblige), chacun se rappelait qu'il y a toujours un moment pour partir.

Sur le chemin du retour, Mariko repensait à sa vie, d'avant. Qu'elle était consciente d'abandonner. Comme ses enfants l'avaient eux-mêmes abandonnée. Partis vers d'autres voies : Asuka à Auroville en Inde, « communauté et harmonie », comme elle disait ; son fils, Hiro, aux USA, trader. Son propre fils, trader... Si peu de nouvelles des deux. Parfois un post sur un réseau social l'informait qu'ils étaient encore vivants. C'est vrai qu'elle avait laissé s'effilocher la relation, lasse de relancer et d'attendre une réponse toujours plus lointaine, toujours plus brève. Mais quand même.

*

Un jour, le téléphone sonna. C'était Anne. Elle voulait savoir si tout allait bien. Mariko la rassura. Et sans comprendre exactement pourquoi, lui mentit à propos d'une exposition qu'elle était soi-disant en train de préparer ; l'arrivée des touristes, le président du conseil départemental, la préfète et la mairesse emballé.e.s : tout le passage de la flûte enchantée. L'habitude de dire toujours la même chose, peut-être.

Un autre jour, Mani disparut encore. Assan remonta à vélo et Joël sur son quad. Entre claires et bassins, vasières et chemins boueux, tous le cherchèrent, stressés de le savoir dans ce labyrinthe de chenaux et de roselières, un endroit bien plus adapté aux hérons, aux martins-pêcheurs et aux pluviers argentés qu'aux enfants de dix ans. Mariko se souvint d'une conversation qu'elle avait eue avec Mani, une histoire de cabane secrète faite de paille et de roseaux, qu'utilisaient autrefois les piégeurs d'anguilles dans ce désert gluant de La Seudre. À la vérité, il connaissait le site mieux que sa poche et le retrouver ne serait peut-être pas aussi simple que la dernière fois. Les chevilles fouettées par les salicornes, les armoises et les bettes sauvages, Mariko sentait la vie nager, voler, ramper, pousser sur la boue, et se nourrir sous cette fange où elle redoutait inexplicablement de glisser, s'enliser, être absorbée et même engloutie à jamais.

Un canoë, qu'elle décrocha sans hésiter, lui permit de rejoindre le chenal. La marée descendait et elle ramait aussi vite qu'elle pouvait en priant le ciel de la guider jusqu'à Mani, qu'elle appelait de toutes ses forces : « Mani, Maaniii ! ». Jusqu'à ce qu'un toit de chaume retienne son attention, jusqu'à ce qu'elle accoste à côté de celui-ci ; en l'appelant toujours. Une petite silhouette apparut. Qui se laissa approcher et caresser la tête.

Sous le toit de la cabane, assis sur un banc, Mariko ne le quittait plus des yeux. Il lui montrait « SA maison ». Vieille cahute de saunier à l'armature de bois brut dont le toit avait été recouvert de joncs. Sur un autre banc, l'on voyait de grandes coquilles d'huîtres parfaitement alignées. Sûrement les plus grandes qu'il avait trouvées. Elles s'offraient triées et nettoyées. Il y avait aussi, de part et d'autre de la propriété, toutes sortes de bois flottés aux formes biscornues, et un vieux râteau de saunier aux dents cassées, dans un coin au fond, après les cordes multicolores, les restes de bouts et les filets de pêche : ces objets des marais. Dehors, une légère brise agitait les roseaux chantants et décernait au domaine tout entier la palme d'or du court métrage le plus paisible de l'année. Mariko serra le petit homme contre elle et ne bougea plus, tout comme lui.

*

Assit sur la caisse à conserves, Assan soupira. « Je fatigué, sa mère, au moins, savait s'en occuper. Moi ne sais que travailler, toujours travaillé, mais depuis elle morte, Mani livré à lui-même. Qu'est-ce que moi faire ? » Mariko le rassura. Elle lui rappela que son fils allait à l'école, avait des copains, pratiquait des activités, et surtout, qu'il aimait la nature et que celle-ci lui apportait beaucoup... Cependant, Assan répondait toujours en couvrant ses phrases d'un « Oui, mais... »

— Tu veux que je m'en occupe, insistait Mariko, peut-être que je pourrais passer un peu de temps avec lui, l'aider pour ses devoirs.

— Oui, mais l'autre fois, tu souviens, quand il traite de chinetoque...

— C'est le passé, s'amusa-t-elle. Ou alors, comme il aime la nature je pourrais lui montrer mes tableaux de poissons.

— Oui, mais je ne sais pas si lui plaire.

— On verra bien, peut-être même que je pourrais en faire un avec lui.

— Oui, mais si comme le foot, il avait commencé, et après : arrêté.

— Ce n'est pas grave, ça vaut sûrement le coup d'essayer.

— Oui, mais je ne crois pas lui aime dessiner.

— Dans ce cas tant pis. N'y pensons plus.

— Oui, mais je sais lui t'aime bien. Je surpris lui regarder travers carreaux ta maison... Mani curieux avec toi.

Elle allait repartir, lorsque Mani rapporta une alose qu'il avait pêchée dans le chenal, le matin même. Il la lui tendit du bout de ses bras frêles. Étonné, son père vit dans l'œil noir de la bête morte une sorte de lueur. Allez, c'était d'accord : si Mani promettait d'être sage, et surtout de ne plus disparaître sans prévenir, il pourrait apprendre comment on dessine les poissons en Chine. « Au Japon » précisa Mariko.

***

[6]

Du carton à dessin, Mariko souleva délicatement la grande feuille de papier *Washi*. « C'est un papier exquis fabriqué à partir d'écorce de mûrier et c'est grâce à lui que nous capterons tous les détails du corps du poisson », confia-t-elle.

— Je peux toucher ? demanda Mani.

— Oui, mais délicatement. Sens comme les fibres sont longues... Nous allons imprimer ta sardine sur ce papier.

— Alose ! s'esclaffa-t-il.

Mariko sourit. Longuement, car elle voyait Mani parcourir la grande feuille blanche du bout de ses doigts fins. Observant le poisson, qui brillait sur la table, il demanda si elle était sûre que « ça soye une bonne idée de le foutre sur la feuille avec du feutre plutôt que dans une poêle avec du beurre... ».

— Avec de l'encre, Mani, de l'encre de Chine.

— C'est pas du Japon ?

*

L'air était calme dans la pièce aux odeurs de bois et de sel, où la lumière pénétrait par les carreaux. Maintenant, Mariko montrait à Mani la préparation du poisson. Il la regardait, de ces regards où se côtoient autant de curiosité que de suspicion. Elle posa le corps sans vie sur la table et le cala avec de petites planchettes de sorte qu'il ne bouge plus et garde les nageoires bien planes.

— Tiens Mani, prends ce papier absorbant, on va le nettoyer tout doucement.

— Pour qu'il soye bien propre ?

— Pour qu'il soit, Mani, pas qu'il soye.

Le jeune acquiesça, puis, posément, nettoya les écailles afin d'enlever le mucus que lui pointait Mariko ; « Voilà c'est bien ». Sans attendre, elle saisit un pinceau sans poils du bout duquel elle enfonça l'œil du poisson. Mani observa la scène, stupéfait de la connaître capable d'une telle rudesse. « C'est parce qu'on ne peut pas encrer l'œil » le consola Mariko. Comprenant sa réserve, elle enchaîna et lui tendit un pinceau plat ; avec des poils cette fois. D'un mouvement de tête, elle désigna le pot d'encre de Chine dont elle avait pris soin d'ôter le couvercle. « C'est une encre très noire, tu vas voir, elle ne s'effacera plus quand tu auras tamponné le poisson avec ». Dans le même temps, elle posa sa main par-dessus la sienne. « Dans le sens des écailles, comme ça, ne mets pas trop d'encre, un peu plus sur les nageoires pour qu'elles ressortent bien. Tu vois : les nageoires, avec ces arêtes, tout en longueur... ». Elle essuya les débordements et lui révéla qu'en vaporisant à peine un peu d'eau, il rendrait l'empreinte plus humide, pour qu'elle prenne mieux. « Attention, c'est une tentative unique que l'on ne pourra pas recommencer... ». Elle reprit la main de Mani pour la guider. Et avec la lenteur du cygne, ils appliquèrent la feuille de papier « Washi » sur la forme du poisson ; d'abord le centre, puis les bords. « Il faut éviter les plis ». Un instant, ils retirèrent le papier en commençant par la tête, lentement, fermement. L'alose se découvrit. Mani sourit. Il distinguait bien chaque écaille, le dos, les flancs, et les longs filets blancs du ventre. Les nageoires pointaient comme des ailerons, et il apercevait aussi la tête et les ouïes. Mariko saisit un nouveau pinceau, tout fin, et d'un seul mouvement recréa la forme de l'œil. « Voilà, c'est presque fini, maintenant, avant de le laisser sécher, je vais te montrer une technique secrète ; jamais tu ne devras parler de ça, à personne. Ce que tu vas voir est ce qui rend mes créations si particulières... »

Ils observèrent le silence devant la composition. Le Giyotaku séchait. L'alose reprenait vie sur le papier. Mariko déposa un baiser sur la joue de Mani. Elle lui confia que la technique en question venait d'un grand sage Japonais, qui la lui transmit jadis afin de calmer la vanité de certains pêcheurs qui ne pratiquaient cet art que pour montrer qu'ils avaient fait de bonnes prises. « Tu sais, Mani, on ne peut jamais pêcher le même poisson, on ne peut jamais refaire deux fois la même chose, chaque Giyotaku est différent. Les choses comme les actes ne se répètent jamais de la même manière et il n'y a aucune raison de tirer une quelconque fierté de ce que l'on fait, car tout, partout, est unique ».

***

[7]

L'œuvre fut exposée sur l'un des murs de la supérette, qui avait été repeint pour l'occasion. Assan la couvait d'un regard ébloui. « C'est mon fils, qui a fait ça ». Mais beaucoup doutaient de cette affirmation. Une fois, son enseignant demanda à Mani de la rapporter à l'école pour la montrer à ses camarades et expliquer comment il l'avait réalisée. Conformément à sa promesse, il ne dévoila qu'une partie du travail. Mais en quelques jours, la pression de la population locale devint si forte qu'il y eut un article dans le journal, répandant la nouvelle dans tout le département et même au-delà : Mariko, l'artiste à la renommée internationale, était à Mornac-sur-Seudre.

Un soir, alors que la nuit tombait, Joël vit celle-ci sortir de la mairie. « Que fais-tu donc à la mairie, à c't'heure ? » Elle lui répondit qu'elle n'avait pu éviter un rendez-vous, voulu par la mairesse.

Ce fut une vraie surprise. Le buzz, comme on dit. Les affiches se propageaient partout, et les chaînes, comme les réseaux, ressassaient l'événement en boucle :

La mairie de Mornac-sur-Seudre et l'artiste internationale Mariko invitent les amoureux de la Seudre à s'immerger dans les marais afin de découvrir la cabane de saunier, où seront exposés les fameux Giyotaku de la plasticienne.

La journée vint. Une belle journée ensoleillée. Les élèves de l'école, accompagnés des enseignants, indiquaient le chemin bénévolement et accompagnaient les nombreux visiteurs. C'est Mani qui présenta chacun des Giyotaku : le type de poisson, la qualité du papier « Washi » ou « Kozo », une autre variété qu'il avait encore découverte. Des guides culturels et animaliers en profitaient pour parler des plantes, des poissons et des oiseaux. Vers midi : éclade de moules. Dressées les unes à côté des autres, en forme de spirale, on les recouvrait d'aiguilles de pins et on y mettait le feu. Le vin (charentais) coula à flots. Pour une belle journée, c'était une belle journée. Les tableaux, empreints de poissons, s'harmonisaient incroyablement avec le toit fait de roseau et de bois brut. Madame la Mairesse exaltait les vertus des traditions portées par son territoire : « Nous sommes ostréiculteurs et ostréicultrices de mère en fille et de père en fils ». Son premier adjoint, un amateur de vin, parla d'une glaise cosmique qui, quelques milliards d'années plus tôt, avait donné la vie sur Terre. « Mais, ajouta-t-il en balayant du doigt l'horizon, ça ne vaut pas celle d'ici. »

Plus tard dans la soirée, toute la bande joyeuse se retrouva sur la terrasse de la cabane chez Joël. On parlait de l'événement, en félicitant Mariko, puis Mani, encore Mariko. Par moments, son regard devenait étrangement vide, comme si elle eût été ailleurs. « Tu es fatiguée ? demanda Maud. Que d'émotions, ajouta Joël, n'est-ce pas ? Comment as-tu préparé tout ça si vite ? » Mariko désigna Mani comme principal responsable du succès de l'opération. D'ailleurs, elle indiqua mystérieusement que ce serait lui, désormais, qui prendrait la suite. Tout le monde parla de lui. Un prodige. Et local, avec ça. Si Mariko le désignait comme successeur, c'est qu'elle avait de bonnes raisons de le faire, défendait Assan, « Vous avez vu comme tout le monde parle de lui... ». C'est vrai, Mani avait trouvé sa place. Au moins l'art servait à quelque chose, convint Joël.

L'on se sépara, car la nuit avançait (et il y a toujours un moment pour partir).

Mariko s'aventura loin de la cabane, sous la lumière jaune pale d'une demi-lune qui donnait des ombres mouvantes et approximatives à travers les buissons. La marée était basse, mais souvent un filet d'eau draine la boue, et au milieu, de ces allées éphémères, l'on peut marcher sans s'enfoncer, sur un mince lit de sable. Les roseaux bruissaient et des oiseaux dérangés dans leur somnolence s'envolaient dans un claquement d'ailes. Le ciel vibrait d'étoiles aux couleurs impressionnistes. Mariko trébucha au point de s'affaler dans la vase molle et gluante. Elle ne chercha pas à s'en extraire. Car dès qu'elle tentait un appui d'un côté elle s'enfonçait encore plus de l'autre. Elle eut bientôt de la boue jusqu'aux cuisses, de sorte qu'elle ne put vraiment plus s'extraire de cette bourbe. Un bruit de succion accompagnait chacune de ses tentatives. Alors, elle se laissa tomber, fesses sur la boue, espérant trouver un peu de calme et soulager ses muscles. Souffrir n'était décidément pas son but. Une langue d'eau tiède s'insinua autour de sa peau. Mère nature l'entourait peu à peu. Sous l'effet d'une légère brise, l'eau frissonna et s'aventura dans le ventre irrigué du marais. Mariko ne luttait toujours pas, mais les larmes emplissaient ses yeux. Elle se laissa absorber, submerger. Sans crainte. Loin, elle voyait défiler Asuka et Hiro, enfants, comme de vieilles photos aux couleurs exacerbées. Puis, des images de son village, du Tokyo de ses premières amours, ses amis... jusqu'à ce que tout s'évanouisse... jusqu'à ce que, seul, Mani soit.

La marée monte d'un douzième du marnage : cette différence de niveau entre marée haute et marée basse. C'est la première heure sur six.

Deux douzièmes du marnage : c'est la deuxième heure.

Trois douzièmes, les troisième et quatrième heures...

La marée serait haute.

* * *

Maman est morte

De Félipé Caceres Munoz S.

[1]

Aujourd'hui, en me levant à 06 h 40, comme à mon habitude, j'ai eu un message sur le téléphone. Un SMS. Maman est morte cette nuit.

Ils m'ont demandé de les rappeler *de toute urgence*. C'est incohérent ; absurde.

Je ne sais pas si je m'y attendais. Je ne crois pas. Quoi que, si. Peut-être un peu. Car, évidemment, dans un EHPAD, les chances de s'en sortir vivant sont très limitées. C'est juste que l'on s'habitue à tout. Même à ça. Je savais bien que ça ne durerait pas éternellement, c'est vrai, mais en vérité, je n'y avais jamais vraiment pensé. Ou pas assez. Ce n'est pas le genre de chose que l'on a envie de ressasser ; et puis un jour, ça arrive. De toute façon une fois que c'est fait, on s'y fait. Normalement. C'est comme tout. J'aurais dû être plus attentif, peut-être. Mais vu que je ne m'y attendais pas... Enfin si... Bref, je ne sais pas. Elle est morte en tout cas. Ça c'est sûr. À moins qu'ils ne se soient trompés, mais ça m'étonnerait.

J'ai ouvert les volets, pour faire entrer la lumière, et j'ai vu la pluie tomber devant mes yeux. Je ne pensais pas être déçu qu'il pleuve dans un moment pareil. Aurais-je été plus joyeux si le ciel avait été bleu ? Je pense que oui. Ma tristesse aurait été plus gaie.

Bof. C'est complètement idiot ce que je suis en train d'imaginer.

— Qu'est-ce que tu en penses toi ? Pas grand-chose bien sûr.

Je parle à une plante maintenant ! Pourquoi pas aux cadres. Ou à l'horloge. C'est l'horloge de Maman d'ailleurs. Enfin, c'était.

Tiens, c'est vrai ça, comment dois-je dire à présent : c'est ou c'était ? Si elle n'est plus là, ce n'est plus la sienne. Et pourtant, je suis encore son fils, moi. Et c'est encore ma mère. Ce n'est pas possible de s'arrêter sur des détails pareils. Qu'est-ce que j'ai ? Pourquoi je fais ça ? En plus, la question n'est pas de savoir si je m'y attendais ou pas, mais plutôt de me demander si j'avais bien compris que ça finirait par arriver...

D'habitude, je ne prends pas de petit-déjeuner : je n'ai jamais faim le matin, ou pas le temps. Pourtant, aujourd'hui j'en ai envie. Je suis à la bourre, comme tous les matins, mais là au moins j'ai une excuse valable. À la bourre de quoi ? Je me le demande. Pour le travail ? Tu parles d'un cadeau. Ceci dit, c'est sûrement la seule chose qui ait du sens dans ma vie. Finalement, c'est à cause de cela que je n'ai jamais faim le matin, à cause de la perte de sens de ma propre vie. L'appétit de vivre est parti lui aussi et voilà ; sans prévenir. La mort, au moins elle, c'est sûr. Elle a du sens. C'est ça l'avantage : elle apporte une certitude. On y passe tous, comme on dit.

Je ne sais même pas si c'est arrivé au petit matin ou dans la nuit. Ce n'est pas arrivé hier, ce n'est pas possible, ils m'auraient prévenu avant. Ou alors, si c'est arrivé hier, c'est arrivé hier soir, tard. Maman est morte et je ne sais pas à quelle heure. Ni pourquoi. La seule évidence c'est qu'elle est morte. Et encore... De toute façon, en admettant qu'ils se soient trompés, ça arrivera bien un jour ou l'autre ; ça ferait comme un entraînement, en quelque sorte. Une répétition, pour être sûr de ne rien oublier. Tiens, en voilà une idée : une répète ; un enterrement blanc. Quelqu'un dirait : « Tout le monde est prêt ? » et chacun jouerait son rôle, même le mort. Depuis son cercueil, allongé, le futur trépassé pourrait s'exprimer une dernière fois, donner des instructions : « Toi, tu ne pleures pas assez, tu te forceras un peu, que ça fasse crédible, merci ; toi par contre tu en fais trop, tu empêches les autres de se concentrer ; ceux du fond arrêtez de vous raconter vos dernières vacances, c'est mes obsèques merde ! Un peu de respect, quoi... » L'on pourrait voir qui est absent, les noter, puis les cueillir à l'occasion pour leur demander si par hasard ils ne se foutraient pas un peu de notre gueule. Et reprendre les retardataires aussi, leur rappeler que c'est un moment important dans une vie et qu'ils auraient pu faire l'effort d'arriver à l'heure. L'apprenti défunt pourrait encore intervenir sur l'éloge funèbre, des fois qu'il y ait des choses un peu déformées. On entend souvent : « Il aurait dit ci, il aurait fait ça, il aimait ceci, il croyait cela... », là au moins, il pourrait confirmer que tout est vrai ou rectifier les exagérations. Idem pour les habits, ce serait le moment de vérifier qu'ils s'accordent avec la couleur du bois, le capitonnage, les poignées, tout ça. Et puis la coiffure, le maquillage, un dernier coup d'œil dans le miroir, être sûr qu'il n'y ait pas un vilain épi de cheveux, trop de fond de teint, pas assez de fard à joues, des trucs de ce genre ; et pouvoir dire à l'embaumeur : « Ça, le jour J, je vous préviens, vous ne me faites plus ce coup-là. Je vous paye cher, alors. »

Sans blague, un mariage c'est au moins six mois de préparatifs, une naissance neuf mois, un divorce plusieurs années ; on prévoit, on compare, on essaie de penser à tout... Et un décès quoi ? C'est pas important peut être ? Ça ne mérite pas une petite répète ? Franchement.

J'avais complètement oublié qu'une tartine de pain grillé puisse sentir aussi bon, que le miel puisse être aussi doux et savoureux. Le petit déj', c'est chiant à préparer, mais qu'est-ce que ça fait du bien : l'appétit revient ! Ça me rappelle quand maman me le préparait. Elle serait vivante, maintenant, que je lui proposerais d'aller prendre un petit déjeuner avec elle dimanche matin.

Et si l'EHPAD s'était trompé ! Comment être sûr qu'ils ne se soient pas plantés de personne ? Ou de numéro. Ils ne sont même pas fichus de dire quand a eu lieu le décès.

En relisant le SMS j'ai compris qu'il y avait vraiment une chance d'erreur. Le nom de maman n'était pas indiqué, ça pouvait être n'importe qui. Tu parles d'un message :

Votre mère est dcd, merci de prdr rvs au + vite avec votre référent Monsieur Lajoie ds votre espace prsnnl client, rubrique « Interface famille ». Toutes nos condoléances.

Super.

Ça vaudrait peut-être le coup de clarifier en tout cas. Il y a sûrement de l'information dans mon espace personnel. Allez, je vais vérifier, ce sera fait, je dois savoir.

Mais d'abord, il faut absolument que je prévienne mon travail. Leur expliquer le retard. Et que je vais avoir besoin d'une ou deux journées de congés pour les obsèques.

C'est Jeannine, du standard, qui a répondu. Je lui ai dit :

— J'ai perdu ma mère, cette nuit, du coup j'ai pris du retard et également j'ai besoin de savoir comment ça se passe, à combien de jours j'ai droit ?

Elle a fait :

— Qui ?

J'ai répété :

— Stéphane Doucet.

— Vous me donnez le numéro de rattachement de votre service s'il vous plaît, merci, et les deux premières lettres de votre nom, DO, Dolbet, Donglé, Doubet, Doucet ! J'ai ! Quittez pas, je vous passe le service.

Mon chef a répondu. J'ai enchaîné :

— Allo c'est Stéphane, j'ai perdu ma mère. Ne vous inquiétez pas si je prends mon poste avec un peu de retard.

Lui :

— OK Doucet, traînez pas. Une heure pas plus, sinon vous risquez une entrave au protocole d'autogestion du temps de travail. Je vous conseille au moins de vous connecter, vous n'aurez qu'à basculer sur le mode urgence personnelle et vous serez couvert.

Une heure... il exagère. Le temps, toujours le temps. Je lui dis que maman est morte et il me demande de me dépêcher. Pas un petit mot, condoléances, que dalle.

D'ailleurs en parlant de temps, je ne sais même plus depuis quand je n'ai pas eu le temps d'aller rendre visite à maman. Il est urgent de lever le pied. Vraiment. C'est l'occasion ou jamais, ils ne peuvent pas me refuser des jours pour la perte d'une proche. Au moins deux, j'en suis sûr. Je vais me connecter, oh ça oui, je vais la faire la bascule en urgence personnelle, t'inquiète pas, mais je vais aussi demander les jours auxquels j'ai droit. Directement sur la plateforme RH. T'en veux du protocole ? Je vais t'en donner.

Et avec un peu de chance il fera beau. Ça me ferait du bien... qu'il fasse beau.

J'ai allumé la TV pour surveiller la météo de l'après-midi, un changement de temps peut-être, celle du lendemain, ou même du surlendemain. La météo est arrivée : pluie, crues, inondations. Vigilance rouge.

La cloche du mail a retenti : ils ont dit oui à mes deux jours de congé, à condition qu'il y ait la journée d'aujourd'hui incluse ; pour résorber mon retard soi-disant. Tout ça pour un quart d'heure. Alors je leur ai écrit que je n'étais pas sûr que les obsèques aient lieu demain et ils m'ont répondu que c'était fâcheux que je ne sois pas sûr car cela pouvait perturber la bonne marche du service que je ne sois pas sûr et que de cela, eux, ils en étaient sûrs. Ils m'ont aussi demandé si la mort de ma mère n'allait pas impacter mon rendement et si j'étais sûr (encore), dans ces conditions, d'atteindre les objectifs du mois. Bien sûr j'ai répondu que je ne pensais pas que cela puisse m'affecter puisque je m'y attendais, j'y étais préparé. C'est vrai, j'ai menti, mais c'était pour les rassurer et ça a marché puisqu'ils m'ont répondu que c'était une bonne chose que mes histoires personnelles n'entravent pas les indicateurs de performance de l'entreprise. Je dois les tenir au courant dès que je suis sûr de la date des obsèques. Voilà, ils ont été sympas malgré tout. Du coup je me suis engagé à obtenir l'information sous une heure. Ils sont arrangeants, eh bien moi aussi !

* * *

[2]

Il faut absolument que j'annonce la nouvelle aux autres.

C'est important de prévenir tout le monde.

Je vais faire un post : une photo de Maman, un petit mot.

Maman, tu es partie au ciel, mais dans mon cœur, tu resteras pour toujours, émoji larme.

C'est très bouleversant.

Pour l'instant pas de réaction. Pas la bonne heure. J'en referai un après 17 heures Je toucherai plus de monde. Ah ? Tiens : deux pouces. Le soutien arrive. Et un émoji pleurs. C'est Séverine. Ça m'émeut.

Les points de suspension dansent, elle m'écrit. Je suis très touché, merci ma chérie. J'ai hâte de te lire. Cool, le message arrive.

Salut toi ! cœur. Désolée pour ta maman, larme, toutes mes condoléances !! pleurs, pleurs. Je ne pourrai pas venir après le travail, c'est inondé partout autour de chez moi et ma rue est totalement bloquée, bouche de travers. Je te laisse j'ai dépassé mon temps de pause, yeux gonflés, à bientôt j'espère, bouche-bisou-cœur. PS je fais du télétravail aujourd'hui et ça sera plus facile de te

*répondre qu'à l'open space car pas de vidéo
surveillance chez moi, rire, rire.*

Haha, tu m'étonnes.
Réponse :

*Moi ça fait longtemps que je fais du télétravail, rire,
depuis que ma boîte a dématérialisé les bureaux,
rire, larmes, rire, rire.*

* * *

[3]

Ensuite, j'ai eu comme qui dirait un besoin irrépressible de retrouver mon sérieux. Alors, je me suis connecté à mon espace personnel client, rubrique « Interface famille », pour caler le rendez-vous avec mon référent. C'est vrai que c'est bien fait leur truc : j'avais déjà un lien qui m'attendait pour la visio. En choisissant un créneau parmi ceux proposés, la photo de Monsieur Lajoie est aussitôt apparue. Il a l'air gentil, me suis-je dit. Sous sa photo un message :

Votre rendez-vous est confirmé.

Très gentil. Bref, ensuite, on m'a tout expliqué dans un second message et, d'après eux, je n'avais rien à faire : tout était réglé. C'est vraiment une maison sérieuse cet EHPAD. Les obsèques auront lieu jeudi à 14 h 30. J'ai rappelé ma boîte pour avoir le service RH et je suis encore tombé sur Jeannine du standard. Elle va transmettre c'est bon.

* * *

[4]

Maintenant, il ne me reste plus qu'à prévenir les autres de la date. Mais je le ferai plus tard, après 17 heures. Sinon, ils ne verront pas mon post.

Il pleut toujours.

Ça sonne. Uber-Food. Déjà ? C'est l'heure de déjeuner. Le temps passe vite.

En remontant à l'appartement avec mes deux hamburgers, dont un gratuit, ça a sonné de nouveau. Quoi encore !

— Allo ? Hein ? Qui ? Oui, je suis bien propriétaire de mon logement mais là je n'ai pas le temps, en plus je viens de perdre ma mère alors voyez je... Hein ? L'isolation ? M'en fous ! Oui je le sais, c'est ça, au revoir.

Évidemment que je le sais, qu'ils enregistrent les conversations... Et puis quoi ?

* * *

[5]

Personne n'est venu.

Un grand mec, de type africain, me demande si on attend encore un peu. Le petit jeune avec lui a une tête à avoir déjà vu la mienne. Mais qu'est-ce qui lui prend de me regarder avec autant d'insistance ? Il n'a jamais vu un gars tout seul à un enterrement ou quoi ?

J'aurais peut-être dû créer un événement au lieu de mettre un post.

En faisant signe au jeune de commencer, un sourire lui est apparu entre les oreilles, et les boutons. Qu'est-ce qu'il a comme pustules... Il devrait faire gaffe au sucre. D'un geste de tête, il m'a fait signe de m'adresser à son collègue, deux fois plus âgé, grand et lourd que lui. Mais l'autre avait déjà compris :

— On va commencer Monsieur, venez.

Et comment que je vais venir, je ne vais pas attendre dehors, non plus. Je vais filmer et faire une story, comme ça les absents pourront voir. C'est important des funérailles.

On arrive. Ah ! Ça va pouvoir commencer. La télé vient de s'allumer.

Le grand me tend une télécommande :

— Quand c'est fini, vous appuyez sur le bouton vert, ici, pour dire que vous avez été satisfait. Faites le car ça aide d'autres personnes après vous à venir chez nous en toute confiance.

— Ah, d'accord. Et la télé, après, je l'éteins comment ?

— C'est le bouton vert qui fait tout. Les autres boutons ne servent à rien en fait, la télécommande est programmée comme ça, c'est plus simple, c'est mieux pour vous.

— Pour éteindre, j'appuie sur le bouton vert ?

— Oui. Même quand vous voulez que ça commence. Allez-y, appuyez, vous allez voir.

J'appuie. Oui je confirme que je suis satisfait de l'accueil et des explications qui m'ont été délivrées. Oui je recommande.

Les deux employés s'en vont. La porte se referme. Ça commence. Le cercueil de Maman va rentrer dans les flammes. C'est beau. C'est fou la vie quand même. Eh bien voilà, c'est fini. Bon. Ben je vais rentrer moi. Zut, ma story ! Je n'ai pas eu le temps de filmer. Quel con. Je vais faire une photo du crématorium. Je la posterai après 17 heures. Je leur dirai qu'ils ne s'inquiètent pas et que ça s'est bien passé. Ce n'est pas terrible comme souvenir : une photo du bâtiment du crématorium. Mais je n'ai que ça. Par contre il faut absolument que je pense à mettre une photo de Maman, tout de suite après. Pour la mémoire : une photo, ça parle. Ceci dit, je vais trouver ça où moi, j'en ai une au moins ? Purée, mais ils ne m'ont même pas ouvert le cercueil ces imbéciles. Elle ressemblait à quoi Maman ces temps-ci ? Avant de partir en fumée ?

Je demanderai à l'EHPAD. Ils doivent bien avoir ça. Ou mieux, j'irai voir sur leur page Facebook. On ne sait jamais, un coup de bol et je la verrai en photo sur une publication. Je n'aurai plus qu'à partager.

Je vais bien réussir à la reconnaître quand même.

* * *

[6]

J'ai repris le travail. Et en me levant à 06 h 40, j'ai eu un message sur le téléphone. Un SMS. C'était l'EHPAD. Encore eux.

Concernant le dc de Madame Pinto, avant-hier, merci de passer nous voir pour la clôture du dossier.

Elle ne s'appelait pas Pinto, Maman. Ils se sont trompés. Du coup Maman serait peut-être vivante ? C'était pas elle ? Ce n'est pas possible...
Alors je les ai appelés, dès que j'ai pu, mais ils ne répondaient pas.
J'ai réessayé pendant la pause. Et je les ai eus. Ils ont vérifié... C'était bien Maman, c'est bon.

* * *

Le Bonheur d'être soi

De Sandrine MOHR
&
Félipé Caceres Munoz S.

Je suis née un jour. Ou plutôt un soir. Sans doute aurais-je dû me méfier. Ce soir-là, quelque part en hiver, on prévenait que la nuit serait mon chemin, celui sur lequel je devrais avancer sans la chaleur bienveillante de l'amour. Alors que je naissais, petite chose fragile, l'obscurité s'invita à la fête de la plus brutale des façons : l'abandon. Le premier. Le fondateur. Le métronome du reste de ma vie ; peu importent mes actes ou mes pensées. Je ne serais jamais "aimable". Innocente, je ne l'étais pas non plus. Pour quoi faire ? Je devins experte en construction empirique, considérant des façons d'être et de penser qui se heurtaient (terrible naïveté) à la dualité de ce monde pétri de contradictions : aussi beau et bienveillant qu'il peut être noir et détestable. J'appris dans la souffrance et le rejet des leçons qui sont autant de boussoles dans les tempêtes du chaos. La plus difficile ? Réussir à rester moi, même dans un monde qui tente constamment de vous changer. Ces épreuves ont été des pierres solides pour construire la persona que je montre à vos regards. Elle protège mon monde intérieur de l'obscurité, depuis longtemps maintenant. Il m'arrive même parfois de sentir la lumière caresser mon âme. Le petit poisson que je suis, confiant, a appris à éviter les récifs. Il espère toucher du doigt la sérénité, comme un pied de nez à l'obscurité, mordant sans relâche les chairs des êtres sombres. Ceux polluant ma longue nuit froide. J'ai suivi des directions différentes, du fait de mon isolement, de mes conditions de vie ; et voilà que c'est moi, désormais, qui détourne de leur chemin les nuisibles dont le malheur fut de croiser le mien. Car je suis plus nuisible encore. Féroce, brutale et violente prédatrice de tout ce qui se prétend vautour, requin ou encore loup. Moi, je ne dis pas ce que je crois être. Je suis ce que je suis. Point. Je ne dis pas ce que je fais, je le fais. Je n'invente rien sur vous, d'un seul coup d'œil, je vois tout ce que vous infligez à la réalité. Toute la dégradation. Le pourrissement. Et de mes dents acérées, je vais déchirer vos peaux, saigner vos viandes à blanc, ne laisser que les os. Votre sang a la même couleur que n'importe quel autre sang, mais bien avant de le faire couler, j'ai flairé sa noirceur, j'ai su la débusquer, pénétrer votre vanité et tout le reste. Je purge à présent, de mes puissantes morsures, le monde de cette noirceur, faisant couler un jus gorgé de pus, en flots de sanie, jusque dans le ventre de la terre. En vous saignant, je sens, disais-je, la lumière caresser mon âme. Et les ténèbres étouffer la vôtre. Je suis née piranha. Peut-être était-ce un jour, peut-être était-ce un soir, aucune importance ; vous auriez dû vous méfier. Abattre ma proie, telle est la règle générale ; qu'elle ne sente rien venir, telle est la règle relative. En cas de doute, se rappeler le peu de pitié qu'elle éprouva lorsque moi-même je me débattais de souffrance, réclamant de l'intérêt ou ne serait-ce qu'un embryon de respect.

Voyons maintenant pourquoi tout ce qui suit appartient toujours à la famille de ce qui précède.

** Le droit de visite **

Je n'aurais jamais cru que mon chemin recroiserait un jour celui de Maria Montigo. Sans cette colère soudaine, jamais cela ne serait arrivé. Non, Maria n'est pas une cheffe de gang, ni une femme d'affaires véreuse. Elle n'est pas non plus une criminelle endurcie. Maria Montigo a une respectabilité apparente : elle est orthophoniste, spécialiste de la prise en charge de jeunes enfants présentant des troubles du langage. Son visage rond et son sourire doux tromperaient n'importe qui, mais j'ai vu au-delà des apparences, j'ai vu l'obscurité qu'elle dissimule derrière ses lunettes à monture dorée et son attitude bienveillante. Professionnelle accomplie, soi-disant, elle n'est qu'une prédatrice de l'ombre. Ses patients, enfants vulnérables dont je fus, sont ses proies. L'on ne pourrait lui reprocher des actes d'une malveillance classique, d'une violence visible, sûrement pas, car Maria est plus pernicieuse : elle exploite la naïveté et la confiance de parents désespérés, vendant des traitements coûteux et inutiles, multipliant les séances non nécessaires pour remplir ses poches. Pire encore, elle tire du plaisir du pouvoir qu'elle exerce sur ces petites âmes fragiles, jouant avec leur psyché pour assouvir ses compulsions. Soigneusement, elle dissimule ses agissements : un sourire ici, une tape sur la tête là et des mots doux, pour apaiser.

Enfant, j'ai suivi des années durant les séances de Maria, j'ai écouté ses paroles grandioses, des jeux de sons orchestrés pour ensorceler les gosses et leurs parents, prêts à payer des sommes astronomiques pour entendre ses conseils avisés. Mais, elles étaient rares, les fois où je sortais réellement renforcée de ces sessions. Non, ce que mes parents adoptifs ne voyaient pas chez cette femme, ce que personne ne pouvait comprendre, c'est le venin distillé avec chaque mot, chaque sourire, chaque contact apparemment empathique. Il m'a fallu du temps pour pénétrer l'ampleur de sa perfidie. J'aurais pu rester l'une des parfaites anonymes, car elle est habile, cette prédatrice, sous les feux de la rampe. Son public n'est qu'un amas de proies vulnérables, alourdies par des traumatismes qu'elle promet de guérir, alors qu'elle se contente de les exploiter, d'aspirer le fric et de les laisser plus démunies qu'avant d'être rentrées chez elle. Son bureau est un temple d'opulence froide, presque stérile, où rien ni personne ne peut deviner la détresse qu'elle engendre hors des regards. Je me souviens de ma première entrevue avec elle, cette fois où j'espérais un éclair de compréhension dans sa bonne parole. J'étais naïve, cherchant à apaiser ma douleur et surtout celle de mes parents démunis. Mais ses yeux n'étaient que miroirs, reflétant mes faiblesses et s'en repaissant sans en avoir l'air. Son vernis scintille pour cacher ses crocs. Tout cela fait que nous avons un compte à régler elle et moi. Elle me doit bien une dernière séance. Allez, une toute dernière visite, et après je me sentirai mieux. Ce soir, à l'approche du crépuscule, je me tiendrai dans l'ombre, attendant patiemment l'heure de mon intervention, et que le dernier enfant parte. Dans la salle d'attente luxueuse, qu'elle utilise pour faire miroiter des arcs-en-ciel, je me frayerai un chemin, silencieusement, jusqu'à l'entrebâillement de sa porte.

** La confrontation **

Je la vois seule, absorbée par la contemplation des pages noircies de rendez-vous de son agenda. Elle vient de lever la tête, quelque chose a retenu son attention, et mon souffle. Surtout ne pas être découverte, ce serait trop bête. Immobile, je continue de l'observer sans bouger un cil ; le moindre mouvement trahirait ma présence. Ce n'est pas vers moi qu'elle regarde. Soulagement. Il y a un grand miroir accroché au mur près de la porte, je me souviens, et c'est dans celui-ci qu'est retenue sa concentration, dans le reflet de sa propre image. C'est ça, regarde-toi.

« Naria Nontigo », ma voix perce l'air comme une morsure brûlante. Elle se retourne doucement et son sourire automatique se transforme en une ligne dure en me reconnaissant. « Qui êtes-vous ? » demande-t-elle. Mais je sais, à ce moment, qu'elle se souvient de moi, cette fille fragile dans une foule d'enfants brisés. Hélas, je ne suis plus fragile. « Quelqu'un que vous avez déjà détruite, répondé-je sans détour. J'ai absorbé votre poison, et naintenant je suis ici pour tout vous rendre. » Elle rit nerveusement. Un son mal ajusté dans son habituel charisme. « Vous êtes malade, dit-elle. Vous avez besoin d'aide. » Je l'avais prévu. Sa rhétorique de manipulation ne faillirait certainement pas maintenant. Mais sa façade se fendille. Lentement, je sens ses murailles se fissurer. « Vous n'avez aucune idée de ce dont j'ai besoin. » Je fais un pas de plus et sors une lame effilée de mon sac, reflet de lune sur le métal. Elle recule, ses yeux s'élargissent d'une terreur qu'aucun de ses disciples enchantés n'aurait jamais pu percevoir. « Vous n'êtes rien de plus qu'une impostrice, une vampire. Vous convertissez de vraies souffrances en votre propre nonnaie, et je suis ici pour denander un remboursenent. » Elle esquisse un pas arrière, mais je suis sur elle avant qu'elle ne puisse crier. Mon poing serre la poignée de la lame, et d'un coup précis, j'enfonce l'argent dans la chair de son arrogance. Je suis silencieuse, froide. Elle suffoque, cherchant des mots, des excuses. Les derniers éclats de sa mascarade s'effondrent. « Chaque victime dont vous avez profité, toutes ces ânes, sont ici avec noi, naintenant. Nous vous condamnons » murmuré-je.

En la regardant s'éteindre, je ne ressens pas de pitié, seulement la brise légère de la justice longuement attendue. Ma quête n'est qu'au commencement. Et ce soir, quelque part sous les étoiles au-dessus de la ville, je sais que l'obscurité recule un peu plus, laissant place à une lumière nouvelle, douce et implacable. Je prends une grande inspiration en fixant Maria droit dans les yeux, savourant cet instant, où la lumière caresse enfin mon âme. Les ténèbres étouffent la sienne.

Tandis qu'elle expulse son dernier souffle, je sens le monde devenir un peu plus sûr. Il était temps.

Je suis née piranha, vous auriez dû vous méfier.

* * *

Elle et Louis

De Séréna LISOWSKI
&
Félipé Caceres Munoz S.

[1]

Debout !

Bip bip bip bip.

Elle arrête son réveil.

Il faut se lever. Pas le choix. Ce n'est pas : et si elle se levait, et si elle en avait envie ? Non. Il le faut.

Stop, trop tôt ! C'est sa vie. Elle ne peut faire autrement. Comment en est-elle arrivée là ?

Maintenant, tout va s'enchaîner, se répéter. À peine arrivée dans la cuisine, même pas un temps de chauffe, Mathieu hurlera : « Maman ! Il m'a poussé ! » « Y'a plus de lait », enchaînera Baptiste. « Plus de céréales non plus », rajoutera Lola. « Arrête de me pousser ! » « T'as qu'à rester de ton côté... » « On mange quoi, du coup ? ». Ça ne s'arrêtera pas.

Se lever. Toilette de chat. S'habiller. Ensuite, régler la pénurie de céréales. Un café si elle le peut. Régler une dispute aussi. Compléter la liste de courses. Embrasser l'autre. Lui demander s'il pourra lancer une machine. Il répondra qu'il ne sait pas le faire. Ce n'est pourtant pas dur de régler un programme de lavage à 40°.

Le plus calme de tous vient de s'exprimer ; on ne l'a même pas entendu entrer dans la pièce : c'est

Enzo. Casque dans une main, sacoche dans l'autre, il vient de l'embrasser.

— M'man, j'suis parti ! Ciao !

*

C'est l'heure d'y aller.
C'était... Déjà en retard.
Sortir la voiture, la remplir de cris, mettre les bouts, direction l'école, le travail. Ah non, il manque quelque chose : un coup d'œil dans le rétro, régler l'expression du visage sur l'image qu'elle a toujours voulu donner d'elle - une femme forte, une femme qui assure, une femme qui assume. Allez, c'est bon. Sourire pincé. Elle est d'attaque. Une journée sans toucher terre, sans respirer, sans souffler.

Le ciel est bleu, toute la population est déjà dehors. Mais pourquoi se jeter dans les rues si tôt ? Tout le monde part au travail, à l'école. Pourquoi ne pas attendre 10 heures ? C'est bien, 10 heures. Penses-tu : 07 h 50, et déjà sur le pied de guerre. À tous les feux, tous les ronds-points, les intersections, les parkings, et même devant les écoles. À midi, toute la ville sera prise. Royan assiégée.

— Tout le monde est attaché.e ?
Une fois.
— Tout le monde est attaché.e ?
Deux fois.
— Hé ! Je vous parle ! Tout le monde est atta...
— Oui !

Trois fois.

*　*　*

[2]

Au marché

Samedi. Sept heures du matin. Fichus piafs ! On ne peut même pas dormir le week-end. Dans le lit, elle se retourne. Pascal dort, sommeil de plomb ; elle ne le touche pas. À la lueur du réveil électronique, ses pupilles s'agrandissent. Elle l'observe : il respire fort. Pour un peu, elle l'envierait, sa vie, sans tracas.

Elle se lève, enfile une tenue de sport. Courir. Courir, c'est bon. Transpirer, suer toutes les crasses de son corps, s'essouffler, vider toute la pollution en soi, vider les saletés, les mauvaises sensations, vider les impuretés, les particules lourdes. Purger. Se purger.

Là voilà partie sur la pointe des pieds. Surtout, ne pas réveiller le reste de la maisonnée.

Le parcours longe d'abord l'océan sur un chicot de falaise desservant de minuscules criques, puis relie la plage de Pontaillac, contourne le casino et conduit jusqu'à l'entrée d'un petit embarcadère de bois qu'il vaut mieux prendre pour éviter la circulation généralement très dense côté route. Ce jour-là, le ciel se couvre, le vent se lève, la marée vient de changer ; et les flots s'agitent. La marée monte. L'air est humide. Étrange sensation. Là, plus bas, dans le léger contrebas, les vagues s'écrasent contre la roche. Puis, vient le moment de se concentrer, de faire le point, comme à chaque fois qu'elle court, et passe par là. Sa vie : quelle vie !

La respiration devient saccadée. C'est normal, ici le chemin monte. Et à mesure que le ressac l'agace, une fine pluie vient lui fouetter la face. Rien que ça. Nous sommes au début de l'automne ; la grisaille est là. Fin de l'effort de concentration, sa vie, elle est comme ça. Et puis c'est tout. Il y a pire, conclut-elle, comme toujours.

Elle rentre chez elle, trempée, « gaugée comme une soupe » disent les Charentais. Les enfants et leur père sont installés à table. Le petit-déjeuner a commencé sans Elle. « Hé dis donc ? Il n'y a plus de crème de marrons... »

— Bonjour tout le monde, répond-elle, en souriant.

Faire bonne figure, en toutes circonstances. Plus de crème de marrons ? Elle est sûre d'en avoir rapporté la dernière fois.

— Alors Elle ! Il nous reste de la crème de marrons ou pas ?

— Mais enfin Pascal, j'en ai ramené du drive samedi dernier, il en reste forcément.

En ouvrant le frigo, elle découvre qu'il est vide. Elle n'a pas commandé les courses par internet. Quelle idiote : comment perdre un temps fou en magasin maintenant !

C'est jour de marché, elle s'y arrêtera. Ça ne devrait pas lui prendre beaucoup de temps et avec un peu de chance, elle pourrait rentrer tôt. Voire se reposer.

— Prends Mathieu et Baptiste, lance Pascal, j'ai besoin d'être un peu au calme.

— Bien sûr, répond-elle sans hésiter, préparez vous les chéris.

— Ouais, je prends ma trotte lance le premier.

— Moi aussi, fait le second.

Un quart d'heure pour expliquer que les trottinettes au marché c'est compliqué. Ensuite, elle pourra commencer à réfléchir à la nouvelle liste ; s'agirait pas d'oublier des choses importantes. En général ce qui lui échappe à elle n'échappe pas aux autres. Et ça l'inquiète, à la longue, tous ces oublis.

11 h 30. Les garçons et la notion d'aide, ça fait trois. Les deux plus jeunes non seulement ne sont pas familiarisés avec le concept, mais, de surcroît, semblent être génétiquement encodés pour augmenter la peine en cours. Quelle que soit l'heure, quel que soit le lieu. Du soutien ? OK, par contre pas tout de suite, pas dans cette vie. Pour l'instant : et que je te cours dans les allées, et que je te bouscule les gens... Une petite dame, au moins 80 ans, vient d'être sauvée par son chariot à roulettes. Tu crois qu'ils diraient pardon ? what else ! Trébuche, chute, aie, M'man j'ai mal ! La honte, toujours la honte. Et elle, elle veut ma photo ? Tu la regardes comme ça ma vie, tu la veux ma place ? Au lieu de me juger...

C'est dur de se sentir seule parmi les gens heureux : celles et ceux qui s'arrêtent pour parler, qui ont toujours une connaissance à croiser (proche ou lointaine, peu importe), une personne avec qui échanger quelques mots sympathiques, des sourires, et même des rires. Leur vie a l'air tellement plus simple. Ce lieu jovial, Elle, ne l'amuse pas. Pas vraiment. Trop de monde. Pour Elle, le marché n'est rien de plus qu'un endroit bondé où se frayer un chemin est devenu plus compliqué que de mettre des enfants au monde. Sans compter les commerçants qui ne connaissent toujours pas le paiement par smartphone ; et qui te laissent porter tes courses toute seule comme une conne. Au moins, avec le drive, on te met les paquets dans le coffre. Quel lieu stressant !

Ce coup-ci, c'est sûr, c'est la dernière fois que je mets les pieds ici.

Mathieu et Baptiste commencent à avoir faim ; leur patience, à manquer. Elle attrape le bras du plus grand et, entraînée par son élan, perd l'équilibre. Ses deux lourds sacs de courses s'écroulent au sol. Elle grommelle, puis remet ses cabas en place : un sur chaque épaule. En se relevant, Elle fait tomber son foulard. Pas sa journée. Ni sa semaine, d'ailleurs. Ça dure longtemps, une vie agitée ? Et cette fatigue... toujours cette fatigue.

*

« On peut se découvrir comme on trouve un objet perdu. »

Une voix vient de fredonner ces quelques mots. Une voix amicale, légèrement chevrotante. C'est un vieil homme ; de sa main frêle il lui tend le bout de tissu coloré. Qu'est-ce qu'il a dit ? Elle ne comprend rien au sens de sa phrase.

— Quoi ? s'étonne-t-elle, comme si le vieillard avait parlé dans une langue inconnue.

— C'est une citation d'Achille Chavée. Vous connaissez ?

Peu réceptive, elle reprend son bien sans lui répondre.

Le sourire du vieux se dissipe. Fin de la conversation. Il se retire. Non sans lui avoir souhaité une excellente journée.

De retour à la maison, Lola et Enzo attendent sur le canapé. Son mari lève les yeux de l'ordinateur, un air ahuri ne le quitte plus :

— Eh ben Mamoune, tu en as mis, du temps. On a faim.

Elle aime bien, quand il l'appelle Mamoune. Ce n'est pas tout à fait dépourvu d'intention, mais ça produit une douce sonorité, presque affectueuse, qui fait du bien.

En retournant vers l'entrée pour accrocher son foulard sur la patère de fer, Elle repense au vieux monsieur et se dit qu'elle aurait pu faire preuve de délicatesse ; après tout, il avait juste voulu lui rendre service. Elle marque une pause, mains accrochées à l'étoffe comme on supplie quelqu'un. Dans le miroir, elle voit lui échapper un plissement de sourcil, une ride du lion. Qui devient-elle ? Allez, un de ces jours, elle retournera au marché et, si elle le recroise, elle s'excusera. Son visage s'éclaire, la corrugation frontale s'estompe. Elle se détend. Ses mains retombent. Et puis, échanger quelques mots avec ce brave homme aurait forcément le mérite de lui changer les idées, ne serait-ce qu'un instant. C'est important la famille, mais les conversations se répètent un peu.

***

[3]

Louis

Ce jour-là, Louis était rentré du marché ragaillardi, plein d'énergie. Ah, les bonnes ondes ! Peut-être était-ce d'avoir croisé tous ces gens, parmi lesquels un ancien collègue, Jojo, juste au moment de partir, quand les étalagistes pliaient.

— Tu viens tard ici ! lui avait-il lancé, en accompagnant sa remarque d'un clin d'œil.

— Et pardi ! avait répondu Jojo, guilleret. C'est la bonne heure pour être tranquille et pour causer des prix aussi. Ils ne vendront plus rien maintenant.

Jojo et Louis avaient trois passions communes : les bonnes affaires, les concours hippiques et le pineau. Alors, c'est au PMU qu'ils avaient poursuivi leurs échanges. Quand Jojo était parti, après la deuxième course, Louis avait été rejoint par deux autres camarades ; le premier lui offrait souvent des légumes du potager, le second des canons. Le patron du bar connaissait bien Louis lui aussi, alors il s'était joint à eux. Ils avaient toujours un mot sympathique entre eux, et des anecdotes à se raconter. Le vieillard leur sortait de curieuses devinettes qu'il avait rassemblées sa vie durant :

— Que fait-on aux voleurs de salade ?
— Hein, quoi ?
— On laitue !

— Ah...

— Quel est l'animal le plus généreux du monde ? Le poulain ! Parce que quand y en a poulain, y en a pour l'autre !

Parfois, il avait lui-même du mal à se souvenir des réponses, signe qu'il était temps de rentrer.

*

Arrivé chez lui au milieu des bois de la côte sauvage, cahute de bric et de broc, il vida son chariot. *Quel bonheur cette journée !* Le chant des oiseaux, le doux bruit de l'océan, chaque jour chante et change, comme la vie elle-même. L'avait-il choisie cette solitude ? Et comment ! Pour autant, jamais il ne s'était senti relié aux autres aussi fort. C'était comme si le bien qu'il s'offrait rayonnait sur quiconque croisait sa route et lui revenait par effet de réverbération.

*

Louis se servit à boire au robinet d'un récupérateur d'eau de pluie. Bruine, crachin, averse, orage : tant de bénédictions. De gorgées en gorgées, il sentit la sérénité couler en lui. Savourant l'instant présent, libérant sa respiration entre terre et ciel, il ne fit qu'un avec son environnement. S'ensuivit un repas frugal, qu'il exultait d'avoir concocté en pleine conscience. Il convint qu'il était décidément heureux.

À l'heure du coucher, Louis repensa à la jeune femme qu'il avait rencontrée au marché. Comment pouvait-elle s'appeler ? Il lui sembla qu'elle se surchargeait de choses bien lourdes à porter. Alors, le cœur pincé, il laissa venir et s'éloigner la sensation, comme un petit nuage emporté par le vent. Louis était vieux et, de la vie, il avait appris comment accueillir les émotions sans chercher à les enfouir. Pour ne pas les voir revenir sans cesse.

Sans s'expliquer exactement pourquoi, il sentit naître l'envie de la revoir. Peut-être pourrait-il la consoler, lui dire que le soleil est là, même quand on ne le voit pas à cause des nuages. Peut-être aussi lui raconterait-il son chemin à lui, qui n'avait pas toujours été un long fleuve tranquille ; ça ne l'avait pas empêché de faire la vie belle. Peut-être encore pourrait-il l'inviter à prendre un thé, l'écouter parler.

Oui, il la retrouverait.

Au marché.

* * *

[4]

Présentations

Samedi, sept heures du matin. Foutus piafs !
Elle se lève.
Part courir.
Lorsqu'elle rentre, Pascal et les enfants sont à table. Le petit-déjeuner a commencé.
— Hé, Mamoune ! il n'y a plus de biscottes !
— Bonjour ! répond-elle en souriant.
Plus de biscottes ? Elle est sûre d'en avoir rapporté la dernière fois.
— Alors ! Il nous reste des biscottes ou pas ?
— Tu as raison, Pascal, il n'y en a plus, répond-elle en refermant le placard.
Elle se dirige vers le frigo, ouvre la porte et s'étonne :
— Il n'y a plus de jus d'orange non plus. Ni grand-chose à manger d'ailleurs. Ce midi j'ai envie d'huîtres, j'irai au marché. Ça vous dit ?
— Prends les enfants, ordonne Pascal, j'ai besoin de calme.
— Je préférerais être tranquille, lui répond-elle.
Un quart d'heure pour expliquer que les enfants au marché, c'est compliqué. Ensuite, elle pourra y aller.

*

Elle monte dans la voiture, les enfants sont attachés, direction le marché central.

11 h 30. Les étalagistes ont le sourire. Quelle belle journée ! C'est bon pour les affaires. Lola s'extasie devant un stand de miels.

— Goûte, Maman, celui-ci, il est trop bon. Et celui de forêt, huuuum ! On peut en prendre ?

Oui, oui, super bon, sauf qu'elle vient de lui demander si elle a vu Mathieu et Baptiste, et que Lola n'est pas réceptive à la disparition de ses frères.

— Vous avez aussi une fille ? demande une voix légèrement chevrotante.

Ça vient de derrière. Elle se retourne... le vieillard ! Celui-ci tend la main, une lueur dans l'œil, sourire complice. Elle hésite, la lui saisit, puis la retire aussitôt, un peu gênée.

— Je m'appelle Louis, et vous ?

Elle bafouille.

— Heu... je m'appelle Elle.
— Elle ?
— Oui, Elle, comme elle.
— Mais c'est extra comme prénom, Elle. Ça veut dire "éclat du soleil" en grec, vous saviez ?
— Oui, c'est vrai. Mais on pense plutôt au pronom, en général. Ce qui fait que je ne l'aime pas beaucoup (elle hausse les épaules).

Elle se disait souvent que ses parents n'avaient pas fait beaucoup d'efforts pour lui trouver un prénom pareil. Pourtant, à ce moment, elle se sent exister. Pas comme une maman, une épouse, ni même comme une employée des 35 heures : juste en tant que personne. C'est agréable, pense-t-elle.

— Haha, aucun risque de perdre votre foulard aujourd'hui, s'amuse Louis de plus belle.

Elle réfléchit un instant puis lui sourit.

— Non c'est sûr, je n'en porte pas. On ne peut pas perdre ce que l'on n'a pas, pas vrai ? Vous savez, je suis désolée pour la dernière...

— Stop, la coupe-t-il, ne vous en faites pas, j'ai bien vu que vous étiez préoccupée l'autre jour. Et je pense que vous l'êtes encore un peu. Regardez : vos garçons arrivent justement ; voyez, tout finit par s'arranger.

Elle se précipite vers eux. Vision d'horreur, Baptiste a le genou ensanglanté. Elle savait, elle savait que ce serait compliqué.

— Maman !

Elle se retourne : dans la foule, Lola agite une main, l'autre bras chargé de pots de miel qu'elle retient sous son menton.

— Tu peux payer la dame ?

* * *

[5]

Aller mieux ?

Une semaine a passé. Une semaine à se lever aux cris du radio-réveil. Une semaine lessivante. Elle ne parvient toujours pas à se rendormir. À cause des oiseaux. Bon sang, c'est dimanche quoi !

Elle part courir. Son souffle s'améliore, elle le remarque.

Aujourd'hui, elle prend le temps de s'arrêter sur un banc pour respirer l'air de l'océan. Elle prend le temps d'observer les mouvements des vagues. Elle prend le temps de ne penser à rien. Et ça lui plaît. Bizarrement.

Retour à la maison. Il est tard. Bien plus tard que d'habitude. Ça va lui coûter cher, cette pause. Mathieu court après Baptiste en hurlant, bâton de bois flotté à la main. Ils sont insupportables ; ils ont faim. C'est la pagaille, partout la pagaille, dans toutes les pièces. Lola est avachie sur le canapé du salon, une tablette de chocolat – presque finie – sur les genoux, son de la télé à fond pour couvrir le bruit des garçons ; un super programme avec des ados torse nus, tatoués, bronzés. Tous ces cris, les garçons qui se tapent, la boulimie de sa fille, le bazar permanent : elle n'en peut plus. Où est Pascal ? Pourquoi n'intervient-il pas ? Enzo franchit le pas de la porte, pile à ce moment. Et marque un arrêt, stupéfait. « C'est la foire ou quoi là ! » Voyant sa mère décomposée, il la prend dans ses bras et l'embrasse sur la joue. « Tu veux que je t'aide à préparer le déjeuner ? » Son empathie la touche beaucoup. Elle se dit qu'elle a vraiment de la chance de l'avoir. Quelques minutes plus tard, tout en cuisinant, il lui explique qu'il a rendez-vous avec une copine, l'après-midi. Ça le rend heureux et, Elle est contente pour lui. C'est un bon garçon. Pas comme son égoïste de père. Aussitôt cette pensée venue, elle culpabilise. Où est passée la belle image qu'elle avait de son mari ? Quatre enfants : une mise à mal pour le couple ? D'ailleurs (quand on parle du loup), le mâle alpha débarque, pas nonchalant ; il braille : « On mange quand ? » Cette fois, c'en est trop : « Tu étais dans ton bureau ? Je te croyais sorti... » Pascal la regarde, étonné : jamais elle ne lui avait parlé de cette façon. D'une voix sèche, il lui répond : « Ben oui, c'était un de ces bordels ici, tu aurais dû voir ; je n'arrivais pas à me concentrer. » Pauvre petite victime, se dit Elle, jamais ça ne lui viendrait à l'esprit de les nourrir ? Ma parole, c'est qu'il serait vraiment idiot. Plus de culpabilisation, au contraire, elle a même besoin de changer d'air. Lui s'agace, en rejetant la faute sur leur fille. Faire profil bas ? Penses-tu. « Qu'est ce qui t'arrive ? Demande à Lola de t'aider... » Elle le connaît : il dit ça parce que Lola est une fille. Et puis quoi, le ménage, la vaisselle, la lessive ? On la rebaptise Causette, Conchita peut-être ? « Mais enfin Pascal, c'est toi l'adulte ! » D'abord coi, il rétorque très sérieusement : « Mais, Mamoune, toi aussi »

* * *

[6]

La loi des tiers

Au marché, Elle vient de retrouver Louis. Les enfants demandent : « Maman, pourquoi il est encore là lui ? C'est qui, hein, dit, c'est qui ? » Le vieil homme la devance et se présente, en souriant. Son œil pétillant, sa voix doucereuse, tout cela opère : les enfants, lèvent la tête, ferment la bouche, ouvrent grand les yeux. Même les pères Noël du village de Noël n'arrivaient pas à ce taux d'attention. Il leur explique que si leur Maman est d'accord il veut bien les inviter à prendre le goûter chez lui, dans la forêt, près de la plage, sur la côte sauvage ; il a des cornuelles, et de la flaugnarde dans le frigo, avec du bon caramel. Baptiste et Mathieu regardent leur mère sans oser répondre, Lola fronce les sourcils. Quant à Elle, elle a très envie de dire oui. Car elle se sent étrangement sereine en présence du vieux Louis. Une présence rassurante, calme, si agréable. Devinant son hésitation, il se tourne vers elle : « Je vous ferai un brûlot charentais. Vous savez ce que c'est ? Elle hésite. C'est très bon, vous verrez... » En temps normal, jamais elle n'aurait osé dire oui. Mais là, toutes ces choses à découvrir, à la vérité, ça la tente beaucoup. Et surtout, le découvrir lui. Quel drôle de bonhomme ; un sourire lui échappe. C'est oui. Elle l'a dit. C'est fait. Elle n'en revient pas elle-même. « Quand vous aurez passé le phare de la Coubre, vous continuerez sur la D25, jusqu'au spot 43 où vous garerez votre voiture pour vous enfoncer, à pied, dans la forêt, toujours tout droit, jusqu'à atteindre le sentier de la Chapelle. J'habite par là, tout en haut d'un grand coteau. Dans cette forêt, autrefois, il y avait plusieurs villages qui sont à présent couverts de sable ; et parfois, l'hiver, quand les vents changent, il en est un qui découvre encore ses vestiges, c'est le mien : Notre-Dame-de-Buze. Vous verrez, c'est très étonnant ».

*

Quelques heures plus tard, Elle et les enfants traversent une pinède à perte de vue, suivant un sentier de calcaire blanc sur lequel vient se refléter la douce lumière d'un soleil d'automne délicieusement tiède. Çà et là, des traces innombrables rappellent la présence de cerfs, de chevreuils et de sangliers. Quel endroit fantastique, se dit Elle, et si près de Royan. Pourquoi ne le connais-je pas ? Ce n'est pas possible de négliger une si belle région ; tout se passe comme si je ne m'intéressais plus à ce monde qui m'entoure. Puis, suivant les indications du vieux Louis, elle aperçoit enfin le grand coteau. Elle croit d'abord être au pied d'un tumulus antique, puis se dit qu'une bosse de quinze mètres de haut dans un environnement aussi plat cache forcément quelque chose d'encore plus énigmatique. Sûrement ce village dont il parlait. Soudain, la voix de Louis résonne dans tout le site. Une petite silhouette apparaît, là-haut ; c'est lui, c'est Louis. L'ascension commence. Les jeunes arrivent les premiers. À peine essoufflés. Puis, vient le tour de leur mère. Elle saisit la main tendue du vieil homme, qui la hisse délicatement jusqu'au plat. Lâchant un rire mêlé de gêne et de joie, elle se plie, mains aux genoux, pour reprendre son souffle.

— Vous êtes ici au sommet de l'église Notre-Dame-de-Buze, clame le vieux, d'un air tout fier.

— Vous voulez dire qu'on marche sur une ancienne toiture ? s'amuse-t-elle, en se redressant.

— Exactement ! Dingue non ? Pour un peu, nous piétinerions la tête des ermites de Cluny, rit-il.

À peine finit-il sa phrase, une fiente d'oiseau vient s'écraser sur son bras. Les enfants lâchent une série de « pouah ! » et de « berk ! » Lola se bouche le nez, loin de craindre une pointe d'exagération. Quant à Elle, elle ne peut résister à une très forte envie de rire, réalisant d'un coup l'origine des tâches qu'il porte un peu partout sur ses vêtements.

— Allez, venez, enchaîne le vieux, suivez-moi. J'habite là, derrière ces chênes verts (geste).

Quelques blagues passent et, sous le cui-cui ininterrompu des nombreux passereaux, cachés dans les feuilles, tout le monde arrive à l'entrée de la vieille cabane faite de bois de récupération, de plaques et de tuyaux en métal. Là-dessus, par un gigotage consistant en un coup de pied vers le bas et une pression de la main sur le haut, le vieil homme parvient à entrouvrir une grosse porte à la peinture écaillée, dotée d'un hublot, semblable à celles que l'on trouve souvent sur les cargos.

— Entrez, n'ayez pas peur, lance-t-il aux enfants.

Mais devinant l'embarras général, rajoute aussitôt :

— Allez-y, vous allez voir, j'ai tout le confort là-dedans.

*

À quelques kilomètres de là, dans une petite maison du quartier de la Grande Conche à Royan, Pascal vient de sortir une bière du frigo. « Mais qu'est-ce qu'elle fout... mais qu'est-ce qu'elle fout... » Dans quelques heures ça va commencer : Le Palais fait son K- Barré... sa soirée, ses potes... Trois mois qu'il lui en parle. Elle n'a pas pu oublier quand même. Lui prendre son Audi, juste maintenant, tout ça pour 15 bornes avec trois gosses. Il n'aurait jamais dû accepter de la lui prêter. Trop bon, trop con. Maintenant c'est lui qui va devoir se taper la Kangoo ; ses potes vont bien se marrer. Il les entend déjà : « Alors Pascal ! Tu t'es enfin acheté la bagnole de tes rêves ! » Sans compter que s'il doit raccompagner une nana chez elle (c'est vrai quoi, on ne sait jamais), il va se chopper la honte. Tu parles d'une classe : « T'es garé où ? Ben, là ; tu montes ? Heu, non »

Elle m'emmerde ! Il va être 20 heures nom de Dieu ! Il faut que j'y sois à 30 !

La porte du frigo s'ouvre... encore une bière.

*

C'est la fin du jour. D'heure en heure, la clarté faiblit, mais personne ne le remarque vraiment. Le vent, le bruit des vagues au loin, les lapins qu'on voit passer là-bas (depuis la fenêtre), et même les oiseaux donnent à l'atmosphère une incroyable impression de légèreté. Chaque minute qui s'écoule est comme un grain de raisin qu'Elle détacherait avec la bouche afin de le déguster. Et, de grappe en grappe, elle se dit : « Encore... juste encore un peu... ». Les enfants ont tout englouti du goûter fait par le vieil homme. Un délice. Plus une goutte de caramel. Et tout ça dans le calme. Si seulement Pascal savait faire ça, se dit Elle. Deuxième brûlot : la voilà littéralement conquise par le breuvage. Louis raconte les origines de la recette : « À l'époque, dans les vignes, pas le temps de faire réchauffer le café, pas payé pour ça ! alors un peu de cognac dans la tasse, un coup d'allumette, et fwoosh ! ça flambe, ça réchauffe le liquide mais aussi les ventres » Soudain, elle fixe le cadre d'une photo, cloué sur une planche de mur. « C'est qui, cette jolie femme sur la photo ? ose-t-elle ». Un troisième brûlot est en préparation ; quel coquin, ce Louis. Cette manie qu'il a de souffler la flamme avant que l'alcool soit évaporé ! Il sourit calmement, sans interrompre son rituel. « C'est ma femme, répond-il en lui tendant la tasse. Enfin, c'était... »

— Pardon, je suis confuse, répond Elle.

— Ce n'est pas grave, poursuit Louis, elle était très malade et, si les souffrances de la vie ont souvent du bon, contrairement à ce que l'on croit, les siennes étaient devenues totalement inutiles. Et puis de toute façon, elle est toujours là ; elle a déployé ses ailes, voilà tout.

La sincérité du vieil homme la touche. Elle saisit qu'il emploie des mots simples pour dire des choses vraies. Que dirait Pascal, si elle venait à disparaître ? Trouverait-il les mots justes lui aussi ? Devinant son trouble, Louis se lance dans une histoire surréaliste de baronne et de comte, de mariage d'intérêt, avec des terres, des châteaux et des exploitations viticoles. Le couple en question aurait appris à s'aimer, par la force des choses d'abord, puis par la puissance de l'épreuve ; car « perdre un enfant est l'une des pires épreuves que l'on puisse rencontrer dans l'existence ». Elle comprend qu'il parle de lui, et de sa femme défunte. Ils auraient perdu leur seul enfant. Et Louis poursuit son récit, explique comment ils en étaient arrivés à se détacher de tout, après l'incommensurable chagrin. Les biens d'abord, les titres et le rang social ensuite, et même les honneurs. Il insiste : « Notre chance, dans le malheur, fut d'enrichir notre vie d'une certaine fierté de l'utile et de la débarrasser de tout superflu. D'année en année, nous avons ôté tout le poids de l'accessoire, car vouloir toujours plus est un écueil. Nous avons découvert cela, et nous sommes parvenus à l'écarter, ensemble, grâce à l'amour, cherchant sans cesse comment vivre avec moins : moins de choses, moins d'envies... Voyez-vous, Belle Elle, en toute chose, il y a un vide nécessaire, et ce vide nous protège. » Elle repense à Pascal. Ah, si seulement il pouvait être là pour entendre Louis ! Peut-être qu'il l'écouterait. Peut-être qu'il comprendrait, s'assagirait...

Tout à coup, une résurgence :

— Comment m'avez-vous appelée ?

— Je vous ai appelée Belle Elle, susurre le vieux sans la quitter des yeux. Vous m'aviez bien dit que vous n'aimiez pas votre prénom, pas vrai ?

Elle rougit. L'attention, c'est si bon.

Une cloche retentit. C'est impossible. « Une cloche ici ? » Louis confirme : c'est l'église, là-dessous. Les soirs de tempête, elle sonne toujours. Une tempête ? Il faut partir.

*

Les enfants sont particulièrement calmes durant le retour.

Le temps de regagner la voiture, l'océan les accompagne quelques centaines de mètres. C'est très rassurant de l'entendre. De sentir sa présence. Elle ne le voit pas comme agité, ni le vent d'ailleurs, nul doute qu'elle apprécie tout ce qui l'entoure ; même la tempête qui se prépare.

Elle se rend compte de l'heure tardive. Très tardive. Et aussitôt, se ravise : ça ne veut rien dire. Elle se sent bien, et puis c'est tout...
Belle Elle... C'est joli, Belle Elle.

* * *

[7]

Changer les choses

Une semaine comme celle qui vient de s'écouler : impossible de faire pire. Depuis son retour d'escapade, jusqu'à aujourd'hui, Pascal a été exécrable. Elle, ne le supporte plus. Sa voix grinçante, sa tête offusquée, ses piques et ses reproches : tout est devenu étouffant. Il l'a même réveillée au retour de sa soirée cabaret, dimanche matin, très tôt (le jour n'était pas encore levé), pour lui demander de nettoyer le sable dans la voiture et la poussière sur la carrosserie. « Je suis sympa, je te prête ma caisse, et t'as vu dans quel état tu me la ramènes... » Par contre, lui, se nettoyer la bouche, penses-tu.

Heureusement, aujourd'hui c'est samedi ; et l'idée de retrouver Louis, tout à l'heure, en s'arrêtant au marché, l'aide à tenir.

Elle jette un œil sur Pascal. Masquée par ses occupations domestiques, une réflexion sourde grandit en elle. Et si sa vie devait changer ? Elle commence à se dire que sa rencontre avec Louis pourrait bien être la voie de sortie vers une sérénité qu'elle pensait inaccessible.

Pascal lui demande encore une fois de prendre les enfants avec elle. Mais sa voix est différente, cet ordre, elle le reçoit comme un trop-plein, une dernière insulte, une ultime contrainte qu'elle n'acceptera plus.

— Non, Pascal. Tu te débrouilles aujourd'hui. Je vais seule au marché et quand je reviens je veux parler de notre avenir. Je vais réfléchir à ce que je veux vraiment.

Sa voix est ferme et déterminée. Elle laisse Pascal abasourdi, figé sous le choc de cette résistance inattendue. Il la regarde, mais son visage trahit son incompréhension.

— Ouais... te demander de prendre les enfants, c'est un problème, c'est ça ? continue-t-il.

Elle le fixe intensément, sentant une bouffée de colère monter en elle. Elle remarque qu'elle n'est plus disposée à accepter ses ripostes incessantes. La voix de Louis résonne dans son esprit, ses histoires de simplicité volontaire, les petites choses qui font les grandes différences (et rendent la vie agréable). Elle comprend soudain qu'il est temps pour elle de se battre pour une autre existence, de trouver un équilibre pour elle-même. Presque vingt ans que ça dure, et ça changerait comme ça, d'un coup ? Sûrement pas. Lui parler comme il vient encore de le faire, ça ne peut plus durer. C'est le moment d'oser, lui dire ce qu'il doit entendre.

— Non, le problème c'est que tu ne me respectes pas. Le problème c'est que tu me traites comme une femme de ménage et une nounou, pas comme ta partenaire.

Il fronce les sourcils. C'est la première fois qu'elle se montre aussi directe.

— Tu veux dire quoi par là ?

Elle prend une grande inspiration. À partir de maintenant, tout ce qui pourrait se répéter à l'infini, elle peut le conjurer. Et elle va le faire.

— Je veux dire qu'on doit parler, vraiment parler et trouver une solution. Mais je ne veux plus de cette vie. Je suis fatiguée. Fatiguée de cette routine où je fais tout et n'ai jamais rien en retour. Tu me parles mal et j'en ai marre d'être ton esclave.

Elle le fixe droit dans les yeux, sans bouger, prête à recueillir sa réplique. Dans la vie, il y a ce qui ne dépend pas de nous, la réalité humaine par exemple, mais il y a aussi ce sur quoi l'on peut agir. Petit à petit, elle déculpabilise, et y voit plus clair : être chargée de pleines valises qui ne sont pas à elle : et puis quoi ? Se laisser traiter comme une moins que rien ? Non. Faire cesser cela ? Oui. Là ça dépend d'elle.

— Tu entends ce que je te dis ?

Il ne répond pas, mais bien sûr qu'il l'a entendue. Et il vaudrait mieux pour lui qu'il prenne le message au sérieux, s'il veut s'éviter des complications.

— Pascal, tu entends ce que je te dis !
— Hein ?
— J'en ai marre que tu me traites sans considération.

Pascal reste silencieux, absorbé dans ses pensées. Elle reconnaît un mélange de surprise, de confusion et peut-être, juste peut-être, un début de compréhension dans ses yeux.

— D'accord, finit-il par rajouter, on peut essayer de parler. Je ne veux pas que tu sois malheureuse.

C'est un petit pas, mais bien plus qu'elle n'espérait.

* * *

[8]

Une tempête dans l'âme

Les jours passent, et Pascal semble reconnaître ses erreurs. Les débuts ne sont pas faciles, mais ils sont prometteurs. Petit à petit, les deux commencent à se comprendre mieux, à exprimer leurs besoins et à faire des compromis. Ça ne se fait pas du jour au lendemain, mais le processus est en cours.

Le samedi suivant, elle se rend à nouveau au marché, pour faire le plein de produits frais. Et surtout pour croiser Louis, lui raconter cette petite victoire.

Mais, pour la seconde fois, Louis ne réapparaît pas. Une inquiétude croissante s'installe en Elle, mêlée d'une appréhension inexprimable.

Elle se rend à sa cabane, espérant l'y trouver, entouré de son calme habituel. Mais ce qu'elle découvre, c'est son corps inerte, emporté par la terrible tempête qui s'était abattue sur le site après son départ, la dernière fois qu'elle était venue. Un sentiment de tristesse profonde l'envahit, mais aussi une étrange sérénité. Elle sait que Louis a vécu comme il l'a voulu, en paix avec lui-même et cette nature, autour, partout présente.

Le soir même, elle l'enterre avec l'aide de Pascal, sous les chênes verts, où elle avait ri avec les enfants de voir une fiente finir sur son bras. Détail surprenant : les oiseaux n'ont pas piaillé pendant l'inhumation. En repartant, Pascal s'étonne que la cabane ait tenu bon. Des arbres sont tombés, Louis a succombé, mais sa cabane est toujours là. Hommage silencieux à un homme qui avait choisi de vivre pleinement.

* * *

[9]

Le cycle de la vie

Des années ont passé. Les enfants ont grandi. Ils ont quitté la maison pour créer leur propre chemin. Elle et Pascal ont réussi à trouver un équilibre. Ils n'ont jamais retrouvé la passion des débuts, mais ils ont développé une meilleure compréhension et un respect mutuel.

Souvent, Elle revisite la cabane de Louis, trouvant un réconfort dans les souvenirs qu'il lui a laissé. Elle lui parle même, parfois : « C'est moi, c'est Belle Elle... ». Et, lorsque le vent se lève, elle se demande si la cloche va sonner, une fois encore. Mais ça n'arrive jamais.

Un jour, bien des années plus tard, alors qu'elle se promène sur le marché de Royan, l'odeur des étals, les cris des marchands, les rires des clients : tout cela la ramène à ses jours agités avec ses propres enfants. Elle sourit en y repensant, quand soudain elle aperçoit un jeune papa débordé, tentant de gérer deux enfants turbulents tout en portant plusieurs sacs de courses. Instinctivement, elle s'approche de lui. Il a ce même regard fatigué qu'elle avait eu elle aussi, autrefois, cet air d'éreintement mêlé à la responsabilité parentale.

— Excusez-moi, Monsieur, dit-elle doucement.
Il se tourne vers elle, visiblement surpris.

— Oui ?

Elle lui sourit chaleureusement et tend la main pour l'aider à ramasser une poignée de concombres échappés de son sac.

— Vous savez, dans la vie, il y a des moments où tout semble lourd à porter. Mais rappelez-vous : il ne tient qu'à vous d'alléger votre charge.

Le jeune homme la regarde, touché par ses mots. Il prend une grande respiration et hoche la tête.

— Merci. Merci beaucoup.

Elle s'éloigne lentement, un sourire sur les lèvres. Les enseignements de Louis continuent de vivre en elle ; la simplicité, la paix intérieure, et surtout le détachement.

Elle retourne chez elle. Elle vit toujours dans sa petite maison du quartier de la Grande Conche à Royan. Aujourd'hui, les pièces sont silencieuses. Plus que d'habitude. En rentrant dans la cuisine, elle voit Pascal, droit comme un i. Il tient un sabre japonais dans la main. « Je t'attendais ma chérie », lance-t-il, un sourire large comme le ciel. Silencieusement, il ouvre la porte du frigo, et en sort une bouteille de champagne. « À nos 50 ans de mariage mon amour »

***

La Bête humaine

De Philippe NIGOU

Deux secousses brèves, suivies d'un lointain grondement, réveillèrent Rainer. Il tendit la main vers son téléphone, alluma l'écran : 2 heures. Les gars de la dernière équipe avaient fait péter les premières charges. Le sol se mettant à trembler, il comprit que les excavatrices s'étaient mises en branle. Et surtout, que les flics avaient viré les derniers écolos, qui les défiaient depuis plusieurs jours en empêchant l'extraction du charbon. « Bagger 293 » murmura-t-il en souriant. Une bête qui transmuait ce qui avait été une forêt primaire de 200 hectares en un vaste désert lunaire. Dans quelques heures, il en prendrait les commandes. Difficile de se rendormir. Il ferma cependant les yeux, encore une bonne heure, au chaud, avant l'arrivée du camion qui le conduirait vers son *joujou...* 15 000 tonnes, 225 mètres de long, 96 mètres de hauteur, une roue de 20 mètres de diamètres pourvue d'une vingtaine de godets de 15 mètres cubes chacun et capable d'extraire 240 000 mètres cubes de lignite par jour, acheminés vers la centrale électrique grâce à des bandes transporteuses ; la plus grosse machine roulante au monde. « C'est pas du matos de tafiole, ça ».

*

Andrea et Dietrich entrèrent dans la vieille église de bois, avec un bouquet de roses rapporté de leur jardin. Ils ne venaient pas prier. Dans le silence de la nef, Andrea mit les fleurs dans le vase de porcelaine blanche, près de l'autel. Dietrich versa un peu d'eau d'une flasque qu'il avait sortie de sa veste. Ils se regardèrent... Soixante-quatre ans plus tôt, le pasteur avait béni leur union à cette même place ; et encore avant – si longtemps – ils y avaient reçu l'eau de leur premier baptême. Les derniers à vivre ici, c'étaient eux. Plus pour très longtemps : tout à l'heure, ils partiront pour le nouveau village à vingt kilomètres de là. Ici, à part accueillir des fantômes dans des maisons vides aux vitres cassées, il ne s'y passera plus grand-chose. Derrière les fenêtres des habitations désertées, la mairesse avait fait mettre de gros bouquets de fleurs en plastique ; vain simulacre de résistance à l'irréversible déclin. Andrea étouffa un sanglot. Sa vie, sa famille, ses souvenirs : tout avait été sacrifié au Dieu charbon.

*

Rainer gravit l'escalier d'acier pour rejoindre la cabine de pilotage et son équipage déjà sur place. « Alors, c'est reparti, lança-t-il, on va pouvoir foncer ? » Les quatre collègues acquiescèrent en chœur. L'adjoint gardait le nez dans les cadrans : indicateurs d'extraction, pression des fluides, qualité du lignite, tout était paré. « OK, attachez vos ceintures ! » rugit Rainer en sautant dans son fauteuil. Sa main se referma sur le joystick qui servait au pilotage. « Lumière ! » Dans une nuit noire comme les ténèbres, les projecteurs trouèrent l'obscurité d'un paysage de murs de terre, dévasté par la roue avide de bruit et de poussière. *On devrait tenir les délais*, pensa Rainer, *et les primes qui vont avec.*

*

Non loin de là, un nouveau camp s'organisait, avec l'aide d'agriculteurs qui avaient refusé de vendre leurs terres ; bien qu'ils n'en soient plus propriétaires. Dans les grands arbres, où se trouvaient les plus grosses branches, l'on reconstruisait des cabanes reliées entre elles par des passerelles de corde. La plupart à quinze mètres de hauteur et quelques unes à vingt-cinq ; parmi lesquelles celle de Fernando.

Recouvert d'un sac de couchage, Fernando assistait au lever du jour. Mais ce n'est pas cela qu'il observait... Un coup d'œil entre les planches, une note dans son carnet, un coup d'œil, une note, et ainsi de suite. Bagger 293 ne dormait plus depuis plusieurs semaines. Lui non plus. Quant à ses grands-parents, Andréa et Dietrich, cela devait faire plusieurs mois. Les fleurs en plastique, l'expropriation et le programme de relogement : tout ça secouait le sommeil. Elles étaient là, les raisons de son engagement. Maintenant il surveillait ce maudit trou, sa vitesse d'évolution, sa profondeur qui atteignait déjà 300 mètres et son étendue sur des kilomètres à la ronde... Sans arbre. Sans vie. Un démon de métal engloutissait tout. Perché sur sa frêle embarcation, qui ondulait à la moindre rafale de vent, il filmait, observait, notait et calculait chaque avancée de l'anéantissement du site. Plus il y avait de données, plus il y avait de chance d'être entendu ; et des données, il en faudrait un sacré paquet, car pour l'instant, ils n'étaient rien d'autre qu'une bande d'écolos, une de plus, du grain de sable dans un rouage, incapables de comprendre les besoins énergétiques d'une région, d'un pays, et les enjeux économiques associés. Lanceraient-ils un caillou sur Bagger 293, ils seraient aussitôt accusés de terrorisme. Alors pour ce qui était d'avoir une chance d'être écoutés, s'agissait pas de lambiner. Et puis observer, jusqu'à preuve du contraire, ce n'était pas interdit. Analyser non plus. Normalement. Quant à convaincre, c'était une autre paire de manches. Heureusement, il n'était pas le seul à se les retrousser. Par exemple, d'autres volontaires faisaient la vigie, scrutant les alentours pour donner l'alerte en cas d'assaut des forces de l'ordre. De la matraque de police, ce n'est pas ce qui manquait dans le coin. Et l'alerte, justement, elle n'allait pas tarder à sonner.

*

D'un coup : branle-bas général. Ça recommençait. Sur des quads, en 4X4, avec des camions équipés de nacelles, la Bundespolizei submergea la campagne boueuse. Le boucan des moteurs et la fumée noire des gaz d'échappement couvrirent de concert la charge en cours des escouades en bottes. Casqués, parés et boucliers en main, de gros bras moustachus foncèrent telles des hordes de mercenaires sur les opposants, qu'ils avaient coutume d'appeler "pastèques" : verts à l'extérieur (écolos) et rouges à l'intérieur (gauchistes). Fernando eut à peine le temps de plier (c'était le protocole), pendant que ses camarades quittaient les tentes afin d'aller se masser et faire bloc à l'entrée du site. L'idée étant de gêner et ralentir l'élan des commandos le plus tôt possible avant d'être rejoints par les autres, comme lui, perchés dans les arbres. Fernando ne put s'empêcher de saisir son téléphone, pour filmer. Des preuves... il lui fallait des preuves. Non loin, les engins tournoyaient, fulminaient, à grands coups d'accélérateur. Et l'on vit, moulinant de la matraque, les policiers piler à quelques mètres du barrage. Certains, déjà, sortaient les grenades lacrymogènes de leurs musettes pleines à craquer. Les manifestants bloquaient la route tant bien que mal, non sans les abreuver d'injures absurdes et de jets de pierres. Tout ce qu'il fallait pour mettre le feu aux poudres. Ceci dit, auraient-ils chanté des cantiques, le résultat aurait été le même. Les ordres ce sont les ordres et en ce qui touche à ceux-ci, ils étaient parfaitement clairs : fondés sur la règle des deux *kein*[1], *kein* pitié, *kein* quartier. Facile à retenir. Ça ne loupa pas : une moitié de l'effectif s'engouffra dans les fossés, pour cerner le bois, l'autre moitié fonça dans le tas. Les grenades assourdissantes explosèrent les unes après les autres. Malgré leurs formations serrées, les manifestants reculèrent. La ligne de défense opposa autant de résistance qu'une chair à saucisse dans une tomate farcie. On n'allait pas tarder à voir du jus sortir. Pressés, acculés, et se protégeant des gaz avec des foulards, tous tentèrent d'échapper à l'étreinte de la violence en surchauffe qui s'abattait sur eux. Les uns tiraient les autres plus loin, vers des poches d'air, les yeux, la peau et la gorge brûlés, veillant au moindre écart qui leur vaudrait un coup fatal, avant d'être saisis, menottés et traînés, eux aussi, dans un fourgon grillagé. Rapidement, la barrière humaine céda. Fernando, de son arbre, filmait toujours. Lorsqu'il comprit qu'un des camions à l'approche, celui avec des silhouettes noires agrippées à la nacelle, venait pour lui, c'était déjà trop tard : les bras s'élevaient dans sa direction. Il rassembla ses affaires, les balança dans son sac à dos, calepins, clés USB, ordinateur portable... Mais, les flics, agrippés aux premières planches, firent bouger la cabane en tous sens, ce qui le déséquilibra. Et un ennui, dit-on, n'arrivant jamais seul, la nacelle se coinça dans les cordages. Le pilote secoua les manettes à la va que je te pousse, si bien que la passerelle, s'agitant à son

---

[1] *Kein* : sans, zéro, pas de...

tour, empêcha le pauvre Fernando de fuir vers l'autre arbre ; même en se tenant aux garde-fous. Soudain, une main noire surgit depuis les feuilles. Saisissant sa cheville, elle le fit s'écrouler sur les planches, puis tirant dessus, l'emporta tout entier qu'il glissât jusqu'à chuter au pied de l'arbre.

*

K407 approcha de sa cible gémissante. « Alors Coco, ça fait mal ? » Fernando grimaça, se tordant de douleur. Un os blanc émergeait de sa cuisse. Fracture ouverte. « Alors Coco t'es pas encore tout à fait mort ? » Sonné et à moitié inconscient, Fernando lui jeta un regard implorant, puis se tourna vers les âmes en présence. À ce moment, K407 brandit sa lourde matraque et lui assena un coup qui lui explosa le crâne. K407 observa ses collègues en souriant sous sa moustache, « Ben quand on tombe de haut, on tombe de haut les gars ». « Ouais, et la bidoche, c'est fait pour saigner » lança un autre.

*

— Allo ? Rainer, c'est mamie, Andréa...
— Mamie ? V'la que tu m'appelles toi... Qu'est-ce que tu veux ?
— C'est ton cousin, Fernando...
— Et ?

— Il est dans le coma. Rainer, ton cousin risque de mourir.
— Fernando... dans le coma ?
— Écoute-moi, il a chuté d'un point d'observation. Ils ont donné l'assaut et...
— Oui, oui... ça va aller, il va s'en sortir. Bon, il faut que je te laisse, j'ai du boulot.

*

Les projecteurs de la tour centrale inondaient d'une blancheur cruelle le paradis de gravats qui s'étirait de toutes parts. L'on voyait, dans cette lumière froide, des silhouettes fugaces découper une brume épaisse de poussières en suspension, comme si des spectres surgissaient du sol agonisant. La terre, arrachée à elle-même, crachait ses derniers soubresauts dans un râle désespéré, donnant l'illusion de se révolter contre la mécanique implacable qui la dévorait. Rainer observait avec fascination l'océan de cendres qui s'étendait devant lui : un infini de vide où la vie perdait sa place. À cet instant, il sentit un vertige, une étourderie étrange, comme si sa conscience s'unifiait soudain à l'acier de la machine. L'immensité dévastée ne lui inspirait nulle autre idée que le respect des délais, nul autre espoir que les primes qu'il toucherait. La bête qu'il pilotait, indifférente à la désolation qu'elle semait, c'était lui.

* * *

La Nouvelle d'Aix

De Christine CHAILLOU

Aujourd'hui, Bérengère se hâte pour arriver à son bureau. Elle a rendez-vous avec Monsieur Perrin, le directeur des ressources humaines. De nouvelles responsabilités ? Mais que peut-elle encore prouver ? Elle a déjà gravi tous les échelons possibles. Allez, pas de sentiments inutiles. D'ailleurs, connaît-elle seulement le sens de ce mot : sentiment ? Cela n'entre pas dans son schéma intellectuel. Le Groupe, c'est toute sa vie. Même ses souvenirs d'enfance sont toujours restés rangés dans un coin de sa mémoire ; pour ne pas l'encombrer. Deux règles : aller de l'avant et toujours viser la réussite. Depuis longtemps, son statut de directrice financière remplit pleinement sa vie ; et elle ne voit vraiment pas ce qu'elle peut espérer de plus.

Elle saute du métro et marche plus qu'elle ne court. La dignité d'abord. Si elle a un peu de retard, Perrin attendra cinq minutes, c'est comme ça.

La voilà, devant lui. Pas tout à fait à l'heure mais fidèle à elle-même : stricte, tailleur de rigueur, cheveux tirés. Rien ne doit déroger à la règle qu'elle s'est imposée depuis toujours. C'est sa marque. Et elle a beau être dans un bureau qui n'est pas le sien : ici, c'est son territoire.

— Bonjour Madame, veuillez prendre un siège s'il vous plaît !

Elle s'exécute, de bonne grâce. La seule chose qui compte, c'est l'information. Elle ne va plus tarder à tomber.

— Que puis-je faire pour vous, Monsieur ? Un problème dans mon équipe ? interroge-t-elle aussitôt.

Perrin joue avec des trombones, posés sur son bureau. Quelqu'un de détendu ne ferait pas ça, pense-t-elle.

— Du tout. Soyez sans crainte. Il s'agit d'autre chose, répond celui-ci sans lever le regard (ses doigts agitent toujours la ferraille).

— Je vous écoute.

— Bon, il relève la tête, ses yeux sont noirs comme la pointe d'un fusil, vous n'ignorez pas que nous entrons dans une nouvelle ère professionnelle et, selon vos propres termes : le monde de l'Assurance évolue, n'est-ce pas ?

— Oui, mais avec tout le respect, vous n'allez pas me faire le coup de m'obliger à affirmer des évidences... N'EST-CE PAS ?

— Hélas si, chère Madame. Voyez-vous, la politique du Groupe ne peut ignorer la dure réalité du marché, le marché n'ignorant pas lui-même la dure réalité de la cotation ; le CAC 40, ce n'est pas une sinécure vous savez. Et nos actionnaires...

— Stop, le coupe-t-elle, pas ça. Je vous en prie, dites ce que vous avez à dire.

— Oui, bien sûr, qu'est-ce que vous croyiez ? Bon voilà, le Groupe a besoin d'une restructuration de ses effectifs...

— Eh bien, vous voyez : ce n'est pas compliqué, le coupe-t-elle de plus belle.
— ?
— Combien ? s'empresse-t-elle.
— Combien quoi ?
— La restructuration, combien ?

Bérengère commence à chercher quels services vont être concernés...

— Compte tenu de votre position hiérarchique, votre âge et surtout votre ancienneté, le comité directeur pense qu'il est nécessaire de laisser votre poste à un de vos collaborateurs. Un jeune.

— De ? Pardon mais...

— Je n'ai pas fini ! Nous sommes sûrs qu'il sera performant, puisque formé par vos soins. Bien entendu, nous allons engager une négociation de ce départ quelque peu anticipé, aussi nous semble-t-il juste de vous octroyer un délai de deux semaines de réflexion.

Pour la première fois depuis une éternité, Bérengère manque de répartie. Plus de son, plus d'image. Seul un tourbillon infernal envahit son crâne. Que lui arrive-t-il ? À cet instant, Perrin lui tend un post-it sur lequel un chiffre est inscrit. Elle regarde, hagarde, plus qu'elle ne lit. Elle a consacré sa vie au Groupe, s'est isolée de sa famille – son père, sa mère – n'a pas fondé la sienne, tout cela pour rester concentrée, être performante, réussir... et la voilà plantée devant ce bout de papier. Trente-trois ans de bons et loyaux services, de stress, de nuits sans sommeil, à imaginer des montages que personne n'osait entreprendre, pour arriver à ce compte à rebours de quinze jours et se faire éjecter. Elle se sent trahie, humiliée. Désavouée par un post-it. Dans un sursaut de fierté, elle s'entend répondre :

— Pas besoin de réfléchir, c'est moi qui vous donne quinze jours pour vous décider ; vous voulez vous séparer de mes compétences, ce sera ce prix.

Il lui a fallu moins d'une seconde pour rajouter sa pâte sur le papier jaune vif. C'est juste un zéro, mais, ça change tout...

— Maintenant, veuillez m'excuser, j'ai encore du travail, ajoute-t-elle.

Elle se retire telle un automate et rejoint son bureau. Mais aussitôt à l'abri de tout regard, s'enfonce dans le désarroi. Comment ont-ils pu ? Une foule de questions s'entrechoque dans son esprit sclérosé. Elle, si prompte à la réflexion, rien ne vient. Le vide. Que va-t-elle devenir ? Son travail, c'est son identité, sa raison de vivre. Elle s'est forgée à force de pugnacité, de perfectionnisme, priorisant sans relâche les intérêts du Groupe. Ce Groupe qui, aujourd'hui, la congédie. Ni plus ni moins.

La journée passe. Son enfer mental, non. Bérengère ne sait pas où aller. Alors, elle rentre chez elle, en se demandant tout à coup vers qui elle pourrait se tourner, raconter ce qui lui arrive, partager cette situation impensable. Elle réalise à quel point son appartement est vide. Connecté oui. Mais à l'intérieur de celui-ci : personne. Scrutant les moindres détails qui accompagnent son quotidien, force est de constater qu'elle a de quoi remplir une pleine revue de décoration. Ce chez-soi lui rappelle soudain un appartement témoin, comme dans une publicité : ni âme, ni émotion, ou alors figées dans le millimétré. Jamais Bérengère n'avait ressenti cette sensation d'impersonnalité. L'appartement pourrait appartenir à n'importe qui, à condition d'avoir de gros revenus.

La soirée serait morose, et elle, anéantie.

*

Il y avait ce rendez-vous, un rendez-vous presque oublié avec un notaire de Rochefort, en Charente-Maritime : Maître Castincaud. Il s'agissait d'un petit héritage qui consistait en une vieille maison familiale sur l'île d'Aix. Le dernier à l'avoir habité était un grand-oncle, répondant au nom de Louis. Un homme bourru, quelque peu étrange. La maison devait avoir souffert d'un manque d'entretien. Sûrement une masure. Encore une histoire remisée, dans un coin de sa mémoire. Comme toutes les histoires familiales de ces quatre dernières décennies. Alors pourquoi y pensait-elle sans relâche à présent ! Peut-être parce qu'elle n'avait plus l'habitude de ressentir tant de lassitude et de lourdeur. Jamais, à ce point, elle n'avait admis la fatigue. D'ordinaire, elle ne gaspillait pas son temps à ce genre de préoccupations. Une petite voix, dans son crâne suffocant, excitait sa curiosité.

Et pourquoi pas ? Le moment semblait propice pour traiter ce dossier. Au point où elle en était ! Du reste, valait-il mieux agir que d'être assaillie de mille questions.

*

Elle convie le personnel de sa maison et annonce fermement qu'elle se passera de tout service pour un temps indéterminé. Elle reprendra contact le moment venu. "Toujours aussi délicate, Bérengère", s'entend-elle penser.

Quelle mouche la pique : non pas de parler sur ce ton, mais de s'en inquiéter. Plaçant cette réaction inédite sur le compte de l'imprévu (plus compliqué à gérer que la routine), elle rassemble elle-même ses affaires.

Arrivée en province, elle se rend directement chez le notaire. Ce dernier semble surpris. Elle est là, c'est normal de le prévenir, non ? Bérengère prend le temps de lui expliquer qu'elle souhaite revoir la maison, où elle compte passer quelques jours. Il doit profiter de cette occasion pour tout arranger. Il n'y en aurait pas cinquante. Étonnamment, et sans la moindre résistance, Maître Castincaud promet de faire le nécessaire, lui confie les clés et la raccompagne jusqu'à la porte. Là-dessus, Bérengère saute dans son taxi, lequel prend la direction de Fourras à toute allure, afin de ne pas rater le dernier bac de la journée, qui relie l'île au continent. « Quelle aventure » se répète-t-elle. Moins d'une heure plus tard, la voilà embarquée.

Ça y est, pour la première fois, depuis plusieurs siècles, elle pose un pied sur l'île. « Portez cette valise à l'adresse que l'on vous a indiquée, et ne m'attendez pas », commande-t-elle au taxi bagagiste de l'île. « On », c'est le service conciergerie de sa carte bancaire. S'ensuit une marche revigorante, remplie de ciel bleu, d'air pur iodé et de calme. Et soudain : la rue du Paradis.

La façade éveille de lointains souvenirs. Tel un sésame, la clé ouvre la porte au premier tour. Elle récupère son bagage devant l'entrée, entre, traverse le couloir sombre et ne désire plus qu'une chose : atteindre la chambre. Demain sera un autre jour. Un doute la traverse : mais qu'est-ce qu'elle fait là ! Puis, elle s'effondre sur le lit. Son incompréhension, sa colère et sa rancœur envahissent tout l'espace. Heureusement, Morphée montre son nez.

*

Le soleil est entré, étendant ses reflets sur le visage de Bérengère ; qui ouvre un œil. Elle comprend avec surprise s'être endormie dans ce lit et s'étonne qu'il sente encore la lavande. Au pied de celui-ci, elle reconnaît une commode qui reluisait jadis tel un miroir. Une époque où de petites mains l'avaient cirée, choyée avec amour, comme on dit. Arrêtant son regard sur des bibelots posés dessus, un étrange sentiment l'envahit : ces objets donnent l'impression de s'appartenir entre eux, plantant un décor pour ainsi dire habité, militaire, comme si chaque place se fût acquise à coups de pactes et de coalitions, comme si chaque espace se fût lui-même plié à une logique de territoire, une quête de perfection géométrique. Bérengère aperçoit ce bouquet fané, toujours sous son globe (prison de verre), qu'elle avait maintes fois vu, enfant, et qui avait fait de sa grand-mère l'heureuse élue. Sa mère lui avait certainement raconté l'histoire de ce bouquet, mais Bérengère, déjà à l'époque, ne s'encombrait pas d'histoires d'un autre temps. Ses vacances rimaient plutôt avec insouciance, rien de plus. Tout ce qui l'entourait restait étranger à ses préoccupations. Tout se jouait ailleurs dans son esprit.

Sa retraite anticipée, le désarroi associé, et maintenant le testament de l'oncle Louis... Elle repense à lui, cet homme qu'elle a ignoré tant d'années. Au mieux, le percevait-elle comme un personnage un brin loufoque qui avait repris la maison de ses grands-parents, un peu comme un vieux garçon. D'ailleurs peut-être était-ce une des raisons susceptible d'expliquer pourquoi ses parents, à elle, le voyaient de moins en moins. Elle se souvient : son père disait souvent de l'oncle Louis qu'il était assez sauvage. C'est vrai qu'il vivait seul. Alors, à bien y repenser, pourquoi lui a-t-il légué la maison, à elle ! Aucune explication ne vient. Encore un mystère qui se rajoute à ceux dont elle ne s'est jamais préoccupée. Sa vie, si ordonnée, arriverait-elle à un tournant ? D'où vient qu'elle se pose tant de questions ? Serait-ce le cours des événements, l'ébranlement émotionnel qu'ils génèrent, son avenir désormais compromis, l'emprise du doute ? ou s'agit-il simplement de l'atmosphère qui règne dans cette maison ? Que lui arrive-t-il ! Quelque chose se passe, elle le sent. Elle demeure dans le lit, se prend à épier ce décorum, tellement inhabituel, tellement différent de son appartement parisien. Une collection de boîtes de porcelaine la plonge hors du temps ; elles sont toutes dans les mêmes nuances de rose et de vert, comme pour s'accorder avec la tapisserie. Ce décor respire la féminité, presque l'amour. Mais qui peut bien être à l'origine de cela ? Rien ne semble le fruit du hasard, tout s'élance dans un évident désir d'harmonie. Pour la première fois elle ressent de la sérénité, tout ce qui s'offre à ses yeux n'est que plénitude. Elle est troublée.

À tel point qu'elle se surprend elle-même lorsqu'elle remercie Louis et ses proches d'avoir conservé intactes ces preuves du passé. Certaines, se dit-elle, cachent peut-être des merveilles. Symboles toquant aux portes de son imagination. Désormais, tous ces biens lui appartiennent. Tous ces biens qui lui font du bien. Elle prend conscience d'être étrangement poussée par une nécessité impérieuse de fouiller dans ces trésors et se sent exister ; elle ressent cette force, cette chance de pouvoir déposer ici, en ce drôle de lieu, ce mal de vivre qui l'accompagne depuis si longtemps. Un désencombrement opère, elle en est sûre. Et quand bien même ne serait-ce rien d'autre qu'un raccrochage à l'insignifiant, un prétexte, un déni : qu'importe. Car l'apprentissage du chemin des souvenirs s'ouvre à son cœur. Ce cœur, qu'elle croyait verrouillé. À présent, Bérengère le sait : elle ne pourra plus arrêter son voyage, son exploration ; elle vient de s'introduire dans une intimité dont elle ne soupçonnait pas l'étendue.

Oncle Louis, le plus endurci des célibataires, le plus solitaire des solitaires, aurait toléré une femme sous son toit ? Dans la maison familiale ! Curieux mystère. Et pourtant : elle savoure le postulat. Tout autant que ces souffles qui l'entourent. Aucun doute, seule l'âme d'une femme a pu créer pareille atmosphère.

En poursuivant sa traque, elle se confond en sourire devant un tableau au-dessus de la commode. Ce sont les moustaches de ce beau jeune homme qui l'interpellent. Ou son regard. Le regard de cet homme, Bérengère le ressent aux plus profond d'elle-même. Il pourrait ressembler à celui de son père. Ou à celui de l'oncle Louis. Ce portrait, elle l'a toujours vu ; enfant, lorsqu'elle venait en vacances, il était déjà là, à la même place. Et c'est aujourd'hui qu'elle le découvre. Ce regard lui parle comme s'il voulait lui raconter une histoire. Craignant de divaguer, elle décide de normaliser la situation et se revoit quelques jours en arrière : le décès de cet oncle qu'elle avait quasi zappé, le courrier du notaire, la fourberie de son employeur, Perrin le lâche, cette histoire de retraite anticipée ; puis ce besoin de changer d'air, cette idée bizarre de se rendre ici... Et en avant la bascule, fini la routine, explosé le train-train. À pas de loup, un désir de simplicité grandit en elle. C'est curieux, ça ne lui ressemble pas. Aurait-elle besoin de cheminer à sa propre rencontre ? Et puis : a-t-elle le choix...

Ses bras s'étirent, bien que la traque aux souvenirs batte encore la mesure du quadrille dans sa tête, elle va bientôt quitter sa léthargie et revenir sur terre ; émerger du lit.

Direction la cuisine. Le petit déjeuner : pas question de le rater. Bérengère pousse les lourds volets à la peinture écaillée, griffe du temps et des intempéries. À ce moment, elle éprouve une folle envie de marcher. Sûrement les petites allées du jardin que dissipent des roses trémières écloses au hasard des ici et des là, et qui ne réclament ni soins ni louanges. Encore moins quelque compagnie. Elles sont belles et indisciplinées. « Intrigantes ! » dirait un aquarelliste sur le point de comparer ses palettes à leur camaïeu.

Mais, elle a faim ; la balade peut attendre. Dans son pyjama à fleurs, Bérengère ressemble à une enfant au matin de Noël, pressée d'ouvrir ses paquets. Bientôt, l'odeur du café se répand dans la cuisine où pénètre cette inclassable luminosité des ciels charentais. Dans un angle de la pièce, trône une vieille pile[2], encore bien conservée. Pourquoi ne pas la remplir de fleurs séchées, se dit-elle. Pour commencer, j'irai en cueillir dans les marais. Allons bon, ça aussi c'est nouveau. Aussitôt, elle voit ce vieil oncle qui aimait la mer, ses marées, ses embruns, son calme et ses flambées de violence, revenant du grand large, retrouvant son île. Une femme l'attendait-elle sur le quai ? Elle l'aime ce mystère à éclaircir. Avant de décider quoi que ce soit, ce qu'elle ferait de cette maison, peut-être lui faudrait-il percer quelques secrets de famille. Il a dû s'en passer des choses, sur ce bout de terre aux apparences rassurantes.

Retour à la réalité du moment : son café ! Bérengère choisit une tasse de faïence blanche, décorée d'un trèfle vert ; ce sera celle du matin. La seule, l'unique. Le temps de son séjour. Car c'est ainsi qu'elle fonctionne : en exaltée du repère. Habitudes, diront certains. Mais à la vérité, les plus sagaces reconnaîtront un net symptôme de manque de confiance en soi.

Ce café, Bérengère l'apprécie intensément ; bien plus qu'à Paris. Quoi que. De toute façon, où qu'elle soit, jamais elle ne commence une journée sans ce rendez-vous. Moment intime avec elle-même. Quand le matin livre son lot de promesses. "Son printemps quotidien" comme elle aime à dire. Elle se ressert un autre café, puis se pelotonne dans un grand pull sans même savoir à qui il appartient.

---

[2] Évier de pierre.

Peu importe, il était accroché là. Les bruits, les odeurs : tout ce changement... Surtout, ne rien faire. Se laisser porter par le flot des pensées.

Tant de temps, sans s'accorder un seul lâcher prise. Un chant mélancolique pointe le bout de son nez. Bérengère se ravise : non, elle ne plongera pas dans l'abîme de la nostalgie. Ni de Paris, ni du travail. Perrin est un vil imbécile, les pontes au-dessus de lui, des traîtres. Alors, elle se lève et rejoint le jardin, avec le large comme horizon. C'est un jardin jadis aménagé avec goût mais où les herbes folles s'en sont donné à cœur joie. Qu'elles en profitent, un rude combat les attend. Des fleurs pourraient renaître. C'était comme si, tout à coup, elle s'était mise à ressentir la nature et son petit peuple du quotidien ; les petits hasards d'où pointent les grandes découvertes. Des capucines aux allures sauvageonnes semblent résister sous leurs robes vives aux couleurs du soleil, qui commence à s'élever dans le ciel. Ça lui rappelle ce passage dans un poème de Victor Hugo, quand une humble marguerite s'adresse au grand astre : "Eh ! moi aussi j'ai des rayons !" Elle poursuit son chemin dans cet étonnant décor. Un vieux lilas entrelacé de lierre survit au fond du jardin, adossé au muret. À ce moment, Bérengère se raidit : flash. Arrêt sur image : elle a dix ans !

*

Un panier de cerises.

À folle vitesse, elle mange autant de fruits que sa bouche d'enfant peut en contenir. Prise de guerre, diraient les marins. Ceci dit, aucun pirate n'amarrerait sur les côtes. Rien ni personne ne l'empêcherait de profiter du butin : ici, c'était SON île déserte ! Elle comprend brutalement qu'à l'époque quelqu'un avait placé ce panier ici, à cet endroit, pour elle. Que de temps passé depuis cet épisode oublié. Elle s'assied exactement à la même place. Et son regard suit les méandres d'une vie de dérive. Les fruits au goût sucré sont devenus acides avec le temps ; lie d'amertume dans un cœur d'enfant. Et son cœur d'adulte : que lui dicte-t-il ! Elle joue le rôle, brille en société et s'exprime avec éloquence. Mais quelles peurs, quelles angoisses cache-t-elle derrière le miroir d'une vie si parfaite ?

Finalement, elle décide d'explorer l'île. Calmement, à son rythme. Ensuite, elle rejoindra l'océan, pour respirer un grand coup. Les petites rues sont fleuries comme l'étaient autrefois les allées du jardin de la maison familiale. Partout, le calme domine en maître absolu. Ambiance propice à la méditation. Et le temps : idéal pour redécouvrir ces lieux. Quel plaisir de remettre ses pas dans ceux de sa famille. Et de se laisser porter. Au détour d'une ruelle, un homme d'âge mûr apparaît. Son visage lui rappelle quelqu'un ; sûrement un îlien. Ici, tous se connaissent. D'ailleurs, il la salue avec un large sourire. Aussi sec, la voilà prise dans une conversation de routine ; l'homme lui demande combien de temps elle envisage de rester. Il a l'air de bien la connaître, alors elle lui demande où il habite... Surprise, c'est son voisin ; celui de la maison mitoyenne.

— Mais tu es sa petite-fille, un regard comme le tien ne s'oublie pas.

Bérengère rectifie aussitôt l'erreur et précise être une petite-nièce.

— Ah tiens, ça par hasard ! C'est donc ta cousine et toi qui avez hérité de la maison ?

— Non, il n'y a que moi.

Elle lui explique qu'elle ne sait pas trop pourquoi Louis a stipulé ainsi son testament.

— Ah, les raisons de famille sont trompeuses parfois, rétorque l'homme en ponctuant d'un clin d'œil.

Sur ces paroles énigmatiques, il la salue et se remet en chemin. Bérengère se dirige alors vers l'ancien tour de ronde, un peu troublée. Elle, ce qu'elle voulait, c'était profiter du calme, du paysage ; sûrement pas se rajouter des nœuds au cerveau. Étrange cet homme, quels propos bizarres. Bérengère ne peut s'empêcher de chercher une interprétation plausible. C'est vrai que sa cousine ne figure pas sur le testament. Et pourquoi, et comment... Toujours son sens du rationnel qui la poursuit. Bof, se dit-elle, blabla de vieux gâteux... On ne va pas en faire un jour férié ! D'ailleurs, en ce qui touche au calme, à la tranquillité et à la quasi-certitude de ne pas être dérangée (ou encombrée davantage), la petite plage qu'elle adorait, enfant, près des sémaphores... l'endroit parfait : elle y arrive.

Assise dans le sable, elle laisse ses jeunes années vagabonder, retrouve son petit vélo rouge, celui avec lequel elle rejoignait cette partie du littoral, et pédale aussitôt dans sa tête à rebours. Tout à coup, la voilà propulsée dans le jardin de la maison, entourée de ses parents et grands-parents. Elle a douze ans. Tous attendent après l'oncle Louis, tous attendent qu'il revienne d'une partie de pêche avec le fameux voisin. Ça y est, bien sûr ! Bérengère remet les traits de visage du vieil homme croisé quelques minutes plus tôt. Bref, l'heure tourne et tous attendent Louis. Elle revoit Papi Jacques perdre patience et s'irriter contre son « maudit frère ! ».

— Il sait pourtant, que tout le monde l'attend pour déjeuner. Quel égoïste, je suis sûr qu'il papote et compare ses prises avec les autres sans se soucier de nous !

Jacques et mamie Thérèse ont vécu dans la maison familiale au début de leur mariage et ce jusqu'à la naissance de Jean, son père. Vivre sur le continent, oui, mais le plus tard possible. Tout était bon pour rester dans le havre de paix. Louis aussi vivait sur place. Comme il partait toujours en mer, c'était supportable ; il occupait peu d'espace, en définitive. Donc, Thérèse essaie de calmer papi Jacques, mais celui-ci effectue une volte-face, et courroucé, hurle d'une manière inhabituelle :

— Bien sûr, tu ne peux t'empêcher de prendre la défense de Louis, ça ne te suffisait pas le reste ? Que cherches-tu à la fin ? Tu t'imagines que ça a toujours été facile pour moi, toutes ces années ?

Thérèse ne répondant pas, il poursuit :

— Faites ce que vous voulez, je prends le prochain bac et adieu Aix, adieu les cadavres dans le placard !

Toutes les âmes en présence demeurent interloquées : jamais le grand-père n'avait agi de la sorte. Il était plutôt un homme calme, pondéré et affectueux, comme beaucoup de familles en rêvent. Mamie Thérèse pleure, ne pouvant se retenir et essuyant ses larmes dans le torchon qu'elle tient dans ses mains. Bérengère revoit aussi ses parents : muets, hagards. Puis, elle se souvient qu'à ce moment de la scène elle ne comprenait décidément pas le déchaînement de violence. Tout ça pour un petit retard de tonton Louis. Lui qui était toujours en retard ; surtout aux heures de repas. Elle repasse l'intervalle où il y a eu ce flottement, ces quelques secondes insolites durant lesquelles tout le monde s'est regardé sans savoir quoi dire ou quoi faire. À l'étage, les pas de grand-père vont et viennent plus bruyamment que jamais, lui si discret d'ordinaire. Il ne plaisantait pas : rien désormais n'aurait remis en cause sa décision de partir. Les yeux dans le vide, l'horizon pour toile de fond, l'océan comme bande-son, elle voit maintenant son père se tourner vers mamie Thérèse, et lui demander :

— Mais que veut dire papa ? De quoi s'agit-il ?

Entre deux sanglots, celle-ci le fixe ardemment ; aucun mot ne vient à ses lèvres tremblantes. Telle une somnambule, elle monte l'escalier, part rejoindre son mari. Immédiatement, un semblant de calme s'installe. Quelques murmures parviennent aux oreilles tendues du rez-de-chaussée. Personne n'ose bouger. Scène de théâtre : les grands-parents de Bérengère réapparaissent, bagages en sus. Jacques annonce qu'ils partent, invoquant le besoin de se retrouver seuls.

— Nous nous reverrons dans quelque temps, mais certainement pas ici.

Jean n'avait jamais vu ses parents dans un tel état. Quant à Bérengère, comment aurait-elle pu saisir ce qui venait de se jouer ! À douze ans, on ne sait pas reconnaître une famille qui éclate. Elle comprend maintenant que la cassure entre les deux frères a pris racine bien avant. Ce n'est pas à cause d'un petit retard que l'on démolit définitivement une famille, et accessoirement un lieu de vacances ; ce n'est pas à cause d'une partie de pêche que l'on renonce à l'île, à la maison, où plusieurs générations sont nées et ont vécu. Après cette tempête, où donc avaient été emportées l'insouciance et la sécurité qu'elle y avait toujours connues ! Bérengère prend conscience que toute sa famille a subi un effondrement sentimental ce jour-là. C'est donc seule qu'elle va devoir trouver la raison et la signification du legs. Une chose est sûre : ce n'est pas pour le nombre de visites qu'elle lui a rendu, au vieux Louis. Car depuis le fameux épisode, les fois où elle l'a revu se comptent sur les doigts d'une main.

Changement de temps, l'étal est fini, la marée monte et le vent se lève. C'est toujours au changement de marée que le ciel se gâte à cette saison. Encore un mystère. Scientifiquement, il n'y a aucun rapport disent ceux qui savent. Malgré la petite fraîcheur de l'air, elle se sent ressourcée, détendue ; comme on peut l'être au réveil d'une anesthésie générale. Bérangère se lève, salue l'océan dont les vagues soulèvent l'écume blanche en haut de leurs crêtes.

Cette lucidité soudaine, concernant sa famille, c'est bien la première fois. Reste à mieux appréhender la maison, où tout s'est joué. D'autres réponses, peut-être même une explication, résident dans celle-ci, dans ces pièces peu conformes à la personnalité d'oncle Louis. Quelqu'un d'autre y a tenu un rôle. C'est sûr. Elle le sent. Cette touche de féminité, partout, évidemment : ce n'est pas Louis. Et puis cette réflexion du voisin, ah la fameuse loi des intermédiaires ! Finalement, tout est parti de là. Sur le chemin, elle se dit que le vieil homme sait quelque chose. Après tout, c'est lui qui accompagnait Louis le jour où tout a basculé. Sauf que l'histoire commence bien avant la partie de pêche, elle l'a déjà identifié et ce n'est pas le moment de tourner en rond. Donc, elle ne le questionnera pas. C'est ailleurs que se trouve la réponse. Ça commence à ressembler à une obsession. Et pour cause : elle s'est construite avec ce lourd mystère. Peut-être a-t-il influencé ses choix de vie... loin de tout le monde, elle aussi. Comme l'oncle Louis. C'est comme si elle était descendue d'un train en marche. Comme si elle avait accumulé plusieurs wagons de retard. Un nouveau détail lui apparaît. L'attitude de ses parents. Chaque fois qu'elle revenait ici, avec eux, elle fuyait à la plage tellement l'ambiance était lourde. Quant à ses grands-parents, pourtant si fidèles à l'île, jamais ils n'étaient revenus. Toutes les fêtes de famille s'étaient ensuite tenues à Rochefort, dans leur maison de ville. Et toujours en l'absence de Louis. Du moins jusqu'au décès de papi Jacques, emporté par un infarctus. Ensuite, Thérèse n'a jamais assuré la relève, pas à Rochefort, ni ailleurs ; plus de réunions de famille. Elle partait trop souvent en cure ; « Chercher du réconfort » comme elle disait. Elle méritait bien ça après tout.

*

Lorsqu'elle était étudiante, Bérengère s'investissait corps et âme dans ses cours ; les problèmes familiaux passaient directement à la trappe. *Une femme forte ne doit pas céder aux états d'âme*, se rabâchait-elle. Ensuite, elle s'était consacrée à son travail et n'avait plus eu besoin de se dire une femme forte ceci, une femme forte cela ; tout ce qu'elle voulait, elle l'obtenait. Et c'est exactement ce qui allait se répéter ; elle allait mettre le paquet dans cette quête de vérité.

Dès son retour dans la maison, elle se pense comme une étrangère. Une étrangère en mission. Bien qu'ignorant ce qu'elle cherche exactement, elle sait que les murs ont quelque chose à raconter. Elle se dirige instinctivement vers un espace dédié à une petite bibliothèque, lieu idéal pour découvrir une personne : le titre des livres, la façon dont ils sont rangés... Bérengère commence un inventaire méthodique ; beaucoup d'ouvrages contiennent des récits d'aventures maritimes. Rien d'étonnant à cela, évidemment. Mais il y a aussi, et c'est autrement surprenant, des œuvres romantiques. Elle s'assied à la table de lecture où, à peine installée, une vague perplexité la touche. À ce stade, le stockage des informations ne lui pose pas beaucoup de difficultés. La plage, tout à l'heure, se montrait meilleure conseillère. Il y a un tiroir sur la console, qui s'ouvre sans opposer de résistance, et divulgue un fatras de cartes postales plus anonymes les unes que les autres. Pas de quoi mettre un scellé. Sans doute lui faudrait-il s'approprier l'ambiance des lieux avec son intuition. Bien plus qu'avec les yeux, ou le cerveau gauche. Elle s'efforce de refermer la porte sur les fondements rationnels et stériles de son approche, et laissant son jugement s'affaiblir, éprouve une pesanteur écrasante s'abattre sur elle. Des larmes ont coulé ici. Et elle ne repartira pas sans découvrir pourquoi. Hélas, son esprit se trouble, inéluctablement, car elle ne sait ni par où ni par quoi commencer. Bien sûr, le vieux voisin pourrait la guider, mais elle préfère soutenir que s'il y a eu non-dit, si longtemps, faire intervenir un tiers n'est pas la bonne méthode. Sauf à vouloir brouiller un peu plus les pistes et perdre définitivement tout espoir de retrouver un semblant de vérité. Certes, la vérité est un animal sauvage qui ne supporte pas la captivité, mais il est également vrai qu'un animal sauvage ne se laisse jamais approcher par le premier venu. Plutôt faut-il l'apprivoiser. Avec patience. Et de préférence, en silence. Elle essaie de replonger dans ses souvenirs. Sa grand-mère, lui semble-t-il, revenait régulièrement chez Louis après le décès de Jacques, mais jamais avec les enfants. Tout à coup, la sonnerie de son téléphone la tire de ses réflexions. Elle reprend pied. C'est le Groupe.

— Bonjour Madame, ici Armand Perrin, j'espère que vous profitez bien de vos vacances...

— Très bien, merci, qu'est-ce que vous voulez ?

Bérengère s'en veut d'avoir répondu, elle plane à cent lieues des histoires de boulot ; il la dérange !

— Avec le comité Directeur, nous avons étudié votre demande et...

— Pas maintenant, désolée, je ne peux pas vous parler.

Elle a raccroché. Au téléphone, et à son projet. D'ailleurs, c'est décidé : ce soir, elle fouillera la chambre de Louis. Mais pour l'instant, c'est l'heure de déjeuner. Ensuite, elle retournera marcher jusqu'à la plage.

*

En ouvrant l'armoire, où ne se trouvent que des vêtements dont elle pourrait se défaire, elle ressent comme une présence. Impression indéfinissable. Scrutant les moindres détails, elle s'assied sur le lit et redevient la jeune fille qui, en vacances, écoutait ici son vieil oncle lui conter des histoires de tempêtes et de marins sombrant en pleine mer. Il lui arrivait de voir les yeux de celui-ci se gonfler, avant qu'il ne tourne la tête pour les essuyer. Elle saisit que le comportement de Louis était parfois incompréhensible, surréaliste, et que ces scènes se produisaient dans cette chambre, rien que dans cette chambre, et jamais devant personne d'autre qu'elle. Aujourd'hui, Bérengère ne doit plus penser en enfant. Ce qu'elle croyait être, à l'époque, de la sensibilité inutile - tant elle l'imaginait pleurer à cause des histoires qu'il racontait - masquait en réalité un tout autre malaise. Il habite ici, ce malaise. La charge persiste, comme le mal de vivre qu'elle traîne depuis si longtemps. À cet instant, rien n'est limpide dans son souvenir. Ses pensées s'embrouillent et son cerveau ne réagit plus à la petite voix intérieure. Elle décide de recentrer son attention sur Louis, sur toutes ces choses qu'il a conservées ; soit par habitude, soit par affection. Ou même, par amour. Fantasque comme il était, aucun postulat n'est rejetable. Son regard s'attarde longuement sur le bureau de la chambre cependant qu'il l'attire comme un aimant. Elle doit en vérifier le contenu. Là encore, des cartes postales. La déception approche, tandis que par acquit de conscience elle fait glisser sa main jusqu'au fond du tiroir. Le téléphone sonne derechef. Pas le moment. Elle laisse sonner. Tout à coup, elle sent une sorte de bouton, qu'elle manipule tout en s'interrogeant. Elle vient d'ouvrir un double fond.

Bérengère découvre deux paquets de lettres jaunies par le temps, soigneusement enrubannés. Le premier contient des courriers adressés à Louis. Elle reconnaît l'écriture ronde et fine de sa grand-mère. Plus troublant encore : l'autre paquet indique le nom de jeune fille de Thérèse. Elle se demande ce que peuvent bien faire ces lettres chez Louis et hésite un instant : est-ce vraiment sa place de consulter cette correspondance ? Puis, sans attendre d'autres questions, détache le premier ruban avec fermeté. Elles sont rangées par ordre chronologique, la plus ancienne datant de 1935. Thérèse devait avoir dix-neuf ans. Bérengère commence à lire : « Cher Louis, mon aimé », elle ne comprend rien d'emblée, mais la petite voix lui souffle de poursuivre. Elle le fait et découvre un message pleurant l'engagement de Louis dans la marine. Aucun reproche, mais une lourde peine à chaque mot, et la peur de le perdre : lui, leur amour, leur avenir. La lettre se termine par une promesse, celle de l'attendre. C'est pourtant Jacques, le frère de Louis, qu'elle a épousé. La retenue initiale, à lire le courrier, s'envole, elle veut comprendre. La réponse de Louis parle de permissions qui le ramèneront à elle, qu'il sera toujours à ses côtés, qu'elle doit accepter de le partager avec sa maîtresse qu'est la mer. Bérengère n'aurait jamais imaginé cela de Louis. Tout est tendresse, tout est sensibilité. Elle ne lui connaissait pas cette face cachée, le considérant plutôt comme un rustre individu. S'ensuivent quatre années de retrouvailles, de passions, de déchirements du départ, jusqu'à ce qu'une lettre paralyse totalement Bérengère : quand sa grand-mère confie à Louis qu'elle va donner jour à un enfant. La lettre est datée de 1939. Malgré son immense bonheur, elle décrit la crainte de devoir affronter la honte pour sa famille, le mépris et les moqueries de tous les îliens... Quand Louis va-t-il revenir ? Il faut préparer au plus vite le mariage, pour que tout rentre dans l'ordre. Bérengère se jette frénétiquement dans la lecture des lettres suivantes ; la tête lui en tourne.

Ma tendre aimée, la nouvelle que tu m'annonces me plonge dans le plus profond bonheur mais en même temps le désarroi. J'ignore ma possibilité de venir car toutes les « permissions » sont suspendues à cause de cette fichue déclaration de guerre. Les informations de nos missions ne nous sont données qu'au dernier moment et je ne sais si nous pourrons nous joindre car la censure de nos courriers commence à sévir.

As-tu informé nos parents de notre situation ? Je suis fou de joie et aimerais te serrer dans mes bras... mais ce bonheur aura-t-il une chance de se réaliser ? La période que nous vivons est devenue folle, comment envisager l'avenir ?

Elle est abasourdie. La petite voix la renvoie aussitôt à ses douze ans, la colère du grand-père ; elle se rend compte de ce non-dit, qu'elle ressentait sans pouvoir l'expliquer.

Encore deux lettres à lire : Thérèse explique à Louis que le frère de celui-ci, Jacques, a un faible pour elle. Il lui a fait une proposition de mariage (n'étant pas encore mobilisé). La pression devient écrasante, mieux vaut un mariage d'honneur que salir celui de la famille. Louis et Thérèse sont dépossédés de leur vie, pas le choix. Dans sa dernière lettre, Louis crie sa douleur, sa colère : contre lui-même, la guerre, la famille. À la fin pourtant, il reconnaît l'aimer trop pour lui infliger son désaccord, jurant sur tous les dieux que son cœur battra toujours pour elle... qu'il ne trahira pas son frère... qu'il s'en voudra toute sa vie.

Bérengère essaie d'imaginer quel courage il a fallu à son oncle pour accepter de laisser Thérèse lui échapper, et lui donner une chance de retrouver une vie sereine. Elle commence à mieux comprendre le comportement qu'avait parfois son père avec Louis. Bien que n'ayant pas lu Dolto, ni Freud, elle sait qu'un enfant n'est pas un simple tube digestif ; le fœtus est une éponge émotionnelle. Son père d'abord, elle ensuite, ont forcément ressenti les nombreux troubles de la situation.

Malgré l'heure, Bérengère a besoin d'un café. Dommage qu'il soit si tard, elle serait retournée sur sa plage ; pour "digérer". Son monde rempli de certitudes vient de s'effondrer. La grande directrice financière se sent encore une fois perdue. Décidément. Mille questions l'assaillent. Son bagage génétique renfermait cette maison : combien de tiroirs encore ! Elle voudrait poser son cerveau à côté de sa tête, et le purger comme on purge un radiateur, évacuer le gargouillement. Des larmes perlent dans ses yeux hébétés. Voilà qu'elle pleure comme une fontaine. Comme si son père lui avait transmis son propre mal de vivre ; sa peur d'amour aussi. Elle qui n'a jamais fait confiance à personne dans ce domaine.

Elle s'en veut d'avoir manqué d'attention pour son oncle Louis. Sans ces mensonges, elle aurait découvert l'homme qu'il était vraiment. Cette maison, c'était toute l'histoire de sa vie ; et cette touche féminine : Thérèse bien sûr. Ce secret est aussi un vol, une séquestration, un dépouillement de sa personnalité. Toute une vie dans un mauvais rôle, un rôle de figurant, dans sa propre histoire ; quel prix ! quelle facture ! pour une décision pourtant courageuse. Pauvre oncle Louis : toute sa vie sans son fils, toute sa vie sans sa petite fille ; et elle : toute la sienne sans savoir ce qu'aurait été son père, et Louis, sans ce micmac... sans savoir ce qu'elle aurait été elle-même. La vérité a beau avoir percé les couches de ces décennies d'errance identitaire et familiale, elle ne répare pas les parcours de chacun, cassés. C'est comme ça, comme on dit, on se contente de ce qu'on a, après tout ce qui est fait est fait, ça aurait pu être pire, on n'y peut pas grand-chose... Eh bien voyons !

À présent, dormir, se dit Bérengère. Elle n'a pas sommeil ; pourtant elle a son compte. Demain sera un autre jour... et soixante ans de sa vie tiendront dans la première seconde.

*

Elle a ouvert les volets. Ses volets. Et elle a pris son petit déjeuner dans la cuisine ensoleillée. Sa cuisine. Ensuite, elle a vidé sa tasse de café, celle avec un trèfle vert dessus. Et elle a préparé un sac à dos en y mettant de quoi pique-niquer.

En partant, elle aperçoit son voisin ; il travaille dans le jardin. Elle lui lance :

— Alors, voisin ! Comme on se retrouve ! Vous me reconnaissez ? C'est moi, Bérengère, la petite-fille de Louis. On s'est parlé hier...

— Pardi que je vous reconnais ! Louis serait bien content de vous voir là...

Tout à coup, la sonnerie du téléphone retentit, coupant l'échange de plein fouet ; « Fichus portables » marmonne le vieil homme.

Bérengère décroche, c'est le DRH :

— Bonjour, c'est Armand Perrin, je vous dérange ou vous avez 5 minutes ?

— Bonjour Monsieur Perrin, allez-y, répond-elle en faisant signe à son voisin que c'est important.

— À la bonne heure. C'est quoi ce boucan ? Je vous entends très mal.

— C'est le vent, attendez, je me retourne, prévient-elle en effectuant une volte-face.

— Bon alors voilà, le comité Directeur a étudié votre demande, vous me suivez, et ils ont accepté votre proposition... à condition de la diviser par 2. Qu'est-ce que vous en dites ?

— Perrin, ça va mieux comme ça, vous m'entendez ?

— Ça va, ça va...

— Perrin, ça vous dirait de dîner avec moi ? J'ai des choses à vous raconter.

Un long silence s'ensuit.

— Vous ne percevrez votre indemnité qu'en signant une transaction stipulant votre renoncement à toute action future contre le Groupe. Vous le savez, je ne vous apprends rien.

— Bien sûr... C'est pour ça que je vous demande si ça vous intéresse d'apprendre des choses.

— Et votre devoir de réserve ?

— Et votre droit à la vérité ?

— Écoutez-moi, vous êtes fatiguée, ça s'entend. Vous m'embarrassez avec votre soudaine éthique à deux balles. La situation est simple : soit vous acceptez, soit vous refusez. Vous me dites, je transmets. Point.

Elle vendrait son appartement parisien, et s'installerait ici, chez elle, dans sa maison, près de l'océan. La vie lui offrait une chance unique de se retrouver. D'être vraie. De surcroît, elle obtiendrait tout ce qu'elle demandait, car le Groupe attendait d'elle qu'elle taise l'affaire des transferts de contrats des personnes à risque. Le montage elle le connaît ; à l'époque elle l'avait échafaudé de A à Z, pièce par pièce. C'était tout simple, mais redoutablement efficace : le Groupe créait des filiales dans des pays en développement, ensuite, les filiales rachetaient au siège les contrats de clients considérés comme risqués ou trop âgés, les intégraient dans un fonds social qui lui-même ouvrait la porte à de nouveaux clients à qui elles proposaient d'investir dans des fonds soi-disant sûrs mais en réalité liés aux contrats d'assurance-vie du portefeuille empoisonné. C'était magique, l'opération permettait au Groupe d'alléger ses propres risques en évitant de provisionner pour des contrats classés "pétard mouillé". Cerise sur le gâteau, cela créait l'illusion d'une gestion responsable. Le Groupe lui avait toujours été reconnaissant de cette fourberie à rayonnement international. Sauf qu'aujourd'hui, ça ne leur suffit pas, ils en veulent plus. Et ils ont compris que ce ne serait pas avec Bérengère : son capital malhonnêteté ayant atteint sa limite depuis longtemps. Beaucoup de personnes ont une limite au-delà de laquelle il n'est plus possible de marcher. On peut vendre un rein, mais en vendre deux c'est déjà moins astucieux. On appelle ça le réglage du curseur. Quant à celui de Bérengère, il était déjà dans le rouge depuis longtemps. Dorénavant, ils étaient persuadés d'avoir beaucoup à gagner en la dégageant.

Elle ne peut s'empêcher de se demander comment aurait réagi l'oncle Louis à sa place.

Le vent souffle fort sur l'île. Elle se retourne de nouveau et croise le regard du voisin qui n'a pas bougé d'un pouce ; il a tout écouté.

Au bout du fil, Perrin se plaint :

— Allô ? Il y a encore du vent, je ne vous entends plus.

— Je sais, répond-elle.

Puis, elle raccroche.

Imbécile de Perrin. Pantin d'un comité directeur sans vergogne... Diviser sa prime par deux ? Et puis quoi. Si la presse nigérienne, chilienne ou encore égyptienne apprend certaines pratiques du Groupe cela leur coûtera beaucoup plus cher.

— Café ? s'est remis à parler le voisin.

— Pardon ? répond Bérengère, une lueur inhabituelle dans les yeux.

Le vieil homme la regarde. Elle enchaîne :

— Je suis très heureuse de votre invitation, mais j'ai des choses prévues aujourd'hui. À commencer par ce service, que je vais vous demander...

— Je ne comprends rien à ce que vous me dites, s'amuse le vieux.

— Tenez, elle lui tend son téléphone, prenez-le, et si ça sonne, répondez pour moi. Dites que je suis à la plage.

Sourire de surprise aux lèvres, l'homme se tait à présent. Puis, saisissant le téléphone, décoche un clin d'œil à Bérengère, qui le remercie. L'homme retourne doucement vers sa maison, disparaissant derrière un pan de mur tapissé de jasmins et de camélias. Elle ne les avait jamais remarquées auparavant. Sûrement les fleurs étaient cachées depuis le jardin où elle avait l'habitude de jouer.

* * *